소년

少年

다니자키 준이치로
박연정 외 옮김

소년

少年

27세 무렵의 다니자키 준이치로(1913)

차례

문신

때는 바야흐로 사람들이 여전히 '어리석음'이라는 고귀한 미덕을 갖춘 시기였기에 지금처럼 세상이 심하게 삐걱대지는 않았다. 영주님과 도련님의 평안한 얼굴이 찌푸려지지 않도록, 혹은 내밀한 시중을 드는 여인이나 고급 창부의 웃음소리가 끊임없이 이어지도록, 무사 가문에서 말재간으로 먹고사는 접객꾼이나 연회 흥돋이꾼 같은 직업이 건재했을 만큼 여유로운 세상이었다. 온나사다쿠로(女定九郎)[1], 온나지라이야(女自雷也)[2], 온나나루카미(女鳴神)[3]처럼 당시의 연극이나 이야기책에 나오는 아름다운 이는 모두 강자였고 추한 이는 모두 약자였다. 누구나 다, 심지어 남자마저도 아

1 가와타케 모쿠아미(河竹黙阿弥)의 가부키 작품에 대한 명칭으로서 온나사다쿠로는 산적 사다쿠로의 악독한 처를 말한다.

2 중국의 신출귀몰한 도적인 '지라이야' 이야기를 토대로 일본에서 출판된 작품을 가리키며, 작가는 도리산진(東里山人)이다.

3 가부키 작품 『나루카미』의 주인공 나루카미를 비구니로 각색한 작품.

름다워지고자 갖은 노력을 다했고 종국에는 하늘이 내려 준 소중한 자신의 몸에 물감을 칠하기에 이르렀다. 짙고도 강렬한 향 그리고 현란한 선과 색이 사람들의 살갗 위에서 춤췄다.

유곽을 찾아가는 손님들은 빼어난 문신을 한 가마꾼을 골라 그 가마에 올라탔고, 요시와라(吉原)[4], 다쓰미(辰巳)[5] 유곽의 여인들도 아름다운 문신을 한 남자에게 마음을 빼앗겼다. 노름꾼, 잡역부는 물론 상인, 드물게는 무사에 이르기까지 문신을 했다. 이따금 두 지역에서 개최되는 문신 대회에서는 참가자들이 자신의 살갗을 두드리며 서로 기발한 문양을 자랑하고 평가하였다.

세이키치(清吉)는 빼어난 솜씨를 자랑하는 젊은 문신사였다. 아사쿠사(浅草)의 자리몬(ちゃり文), 마쓰시마초(松島町)의 야쓰헤이(奴平), 곤콘지로(こんこん次郎)에게도 뒤지지 않는 명인이라 칭송받았으며, 수십 명의 살갗이 그의 붓 아래 화폭이 되어 펼쳐졌다. 문신 대회에서 호평을 받은 대부분의 문신은 그의 손을 거친 것이었다. 다루마 긴(達磨金)은 선염 문신으로 유명하였고, 가라쿠사 곤타(唐草権太)[6]는 붉은 문신의 명인으로 칭송받았으며, 세이키치는 기발한 구도와 요염한 선으로 그 명성을 떨쳤다.

한때는 도요쿠니(豊国), 구니사다(国貞)[7] 화풍을 좇아

4 에도(江戸, 지금의 도쿄)에 있던 막부가 공인한 유일한 유곽.

5 에도 시대 말기, 에도 성의 동남쪽 후카가와(深川) 지역에 있던 유곽.

6 위에 등장하는 문신사 이름은 모두 당시에 실존한 인물이다.

7 에도 후기의 풍속화가 우타가와 도요쿠니(歌川豊国, 1769~1825), 우타가와 구

서 풍속 판화가로서 생활을 했던 세이키치였기에 문신사로 전락한 후에도 화공으로서의 양심과 날카로운 직감은 여전히 살아 있었다. 오로지 그의 마음을 사로잡을 정도의 살갗과 골격을 가진 사람만이 문신을 받을 수 있었다. 설사 운이 좋아 문신을 받는다고 해도 문신의 구도와 비용은 모두 그의 뜻에 따라야 했고 게다가 참기 어려운 바늘 끝의 고통도 한 달이든 두 달이든 견뎌야만 했다.

이 젊은 문신사의 마음속에는 그 누구도 모르는 쾌락과 숙원이 잠재해 있었다. 그가 살갗을 바늘로 찌르면 사내들은 피를 머금고 진홍빛으로 부풀어 오르는 살갗의 고통을 참지 못해 괴로운 신음 소리를 뱉어 냈다. 그 신음 소리가 점점 격해질수록 세이키치는 뭐라 형용할 수 없는 묘한 쾌감에 빠져들었다. 그는 문신 중에서도 특히 고통스럽기로 이름난 붉은 문신, 선염 문신 같은 기법을 즐겨 사용했다. 하루 사이에 오륙백 개의 바늘에 유린당한 사내들이 색이 잘 나오도록 따뜻한 물에 몸을 담그고 나오면 다들 반죽음 상태로 세이키치의 발아래 널브러진 채 한동안 미동조차 하지 못했다. 그 무참한 모습을 언제나처럼 싸늘하게 내려다보며 그는 말을 건넸다.

"얼마나 아프시겠소."

그가 짓는 미소에는 통쾌함이 가득 담겨 있었다.

참다못한 사내가 죽을 것 같은 고통을 겪은 듯이 이를 악물고 비틀어진 입술 사이로 비명을 토해 내기라도 하면

니사다(歌川国貞, 1786~1864)로서, 도요쿠니는 미인화나 배우 그림의 명인이며 구니사다는 도요쿠니의 수제자로서 미인화, 풍경화에서 수많은 걸작을 남겼다.

세이키치는 이렇게 말했다.

"자네도 에도 사내이니 참으시게나. 이 세이키치 바늘 끝은 남들보다 모질어 호되게 아플 테니."

그는 눈물로 얼룩진 사내의 얼굴을 곁눈질해 가며 전혀 개의치 않고 계속해서 바늘을 찔러 넣었다. 그리고 참을성 강한 사내가 굳은 각오로 눈썹 하나 찡그리지 않고 견뎌 내면 하얀 이를 드러내며 웃었다.

"흠, 자넨 보기와 다르게 잘 버티는구먼. 하지만 기다려 보시게. 이제 슬슬 욱신거려서 결국엔 배겨 내지 못할 터이니."

그의 오랜 숙원은 광채 나는 미인의 살갗을 찾아내, 그 살갗에 자신의 혼을 새겨 넣는 것이었다. 그런 미인의 소질과 용모에는 여러 가지 조건이 붙었다. 단순히 아름다운 얼굴, 아름다운 살갗만으로는 좀처럼 만족할 수 없었다. 에도 유곽에서 이름을 떨치는 여인이라는 여인은 모조리 찾아다녔지만 그의 마음에 쏙 드는 풍미와 분위기는 쉽사리 발견되지 않았다. 아직 찾아내지 못한 그 여인의 모습을 마음속에 그리며 3~4년을 공허히 그리워하면서도 여전히 그 숙원을 버리지 못했다.

그로부터 꼭 4년째 되는 어느 여름날 저녁이었다. 후카가와의 요정 히라세이(平清) 앞을 지나던 세이키치의 시선 속으로 문득 요정 앞에 대기하고 있던 가마가 들어왔다. 주렴이 드리워진 그늘 사이로 여인의 새하얀 맨발이 드러나 있었다. 예리한 그의 시선에는 사람의 발이 얼굴과 똑같이 복잡한 표정을 가진 것으로 비춰졌는데, 그 여인의 발은 고귀한 살갗으로 이루어진 보석처럼 느껴졌다. 엄지에서 시작해서 새끼로 끝나는 가지런한 다섯 발가락의 섬세함, 에노시마 해변에서 캐낸 연한 선홍빛 조개에도 뒤지지 않을 발톱의 색감과 구슬과도 같은 발뒤꿈치의 완곡미, 그리고 바위틈에서 새어 나오는 맑은 샘물이 항시 발치를 씻어 내고 있다고 착각할 만한 윤기. 바로 이 발이 머지않아 사내의 생피로 살을 찌우고, 그 사내의 몸을 짓밟을 발이리라. 그리고 이 발의 주인이야말로 그가 오랫동안 찾아 헤매던 여인 중 가장 이상적인 여인일 것이었다. 세이키치는 쿵쾅대는 가슴을 억누르며 여인의 얼굴이 보고 싶어 가마를 뒤쫓았지만 두세 마장 정도 지나자 그 모습을 놓쳐 버렸다.

세이키치의 그리움은 격정적인 사랑으로 변해 갔다. 그 해도 저물었고 다섯 번째 봄도 끝나 가려는 어느 날 아침이었다. 후카가와 사가초(佐賀町)의 임시 거처에서 대나무 툇마루에 앉아 이쑤시개를 입에 문 채 만년청 화분을 바라보고 있을 때였다. 정원 뒤쪽 입구에서 인기척이 나서 문득 돌아보니 지금까지 한 번도 본 적이 없는 낯선 여자아이가 울타리 안으로 들어오고 있었다.

다름 아닌 세이키치의 단골 유곽인 다쓰미의 게이샤가 보낸 심부름꾼이었다.

"언니가 이 겉옷을 나리께 드리면서 안감에 그림 좀 그려 주십사 부탁드리라고……."

소녀는 황금색 보자기를 풀고서 가부키 배우 이와이 도자쿠(岩井杜若)의 초상화가 그려진 두꺼운 종이에 싸인 기모노와 한 통의 편지를 꺼냈다.

편지에는 기모노를 간곡히 부탁한다는 내용, 그 말미에 심부름하는 소녀가 머지않아 자신을 따라서 연회에 나가야 한다는 사연, 자신을 생각해서라도 소녀를 잘 보살펴 달라는 부탁이 담겨 있었다.

"처음 보는 얼굴 같은데, 온 지 얼마 안 되었구나."

세이키치는 소녀의 모습을 찬찬히 살펴보며 말했다. 나이는 불과 열예닐곱 남짓 되었을까, 하지만 그 얼굴은 이상하게도 오랜 세월을 홍등가에서 보내며 사내 수십 명의 혼을 사로잡은 농염한 여인처럼 완숙미를 갖추고 있었다. 온 나라의 죄악과 재물이 흘러 들어가는 이 도읍지에서 수십 년간 생을 살다가 사라져 간 외모가 아름다운 남녀의 꿈속에서나 나올 법한 그런 용모였다.

"작년 6월쯤인가 히라세이 앞에서 가마 탄 적 있지 않느냐?"

세이키치는 소녀를 마루에 걸터앉힌 후, 고급 깔개를 덧댄 나막신에 가지런히 올려진 그녀의 정교한 맨발을 자세히 들여다보며 물었다.

"네. 그때라면 아직 아버지가 살아 계실 때라 히라세이에도 자주 다녔었지요."

소녀는 기묘한 질문에 웃으며 대답했다.

"올해로 딱 5년, 나는 말이다 널 기다렸단다. 얼굴을 보는 것은 처음이지만, 네 발은 기억하고 있지. 보여 주고 싶은 게 있으니까 들어와서 천천히 놀다 가려무나."

세이키치는 인사를 하고 돌아가려는 소녀의 손을 붙잡

고 오카와(大川) 강물이 보이는 2층 방으로 데리고 간 후 두루마리 그림 두 점을 꺼내, 그중 하나를 소녀의 앞에 펼쳤다.

그것은 옛 폭군 주왕(紂王)[8]의 총애를 받던 왕비, 말희(末喜)[9]가 그려진 그림이었다. 유리 산호가 아로새겨진 금관의 무게를 이기지 못한 한 여인이 가냘픈 몸을 축 늘어뜨린 채 난간에 기대어 있었다. 비단 옷자락은 계단의 중간까지 차르르 펼쳐 있고 그녀는 오른손으로 큰 술잔을 기울여 가며 지금이라도 산 제물로 받쳐져 처형되려는 사내를 지그시 바라보고 있었다. 뜰에 놓인 기둥에 쇠사슬로 사지가 묶인 채 결박되어 최후의 운명을 기다리는 그 사내는 왕비 앞에 고개를 떨군 채 눈을 감고 있었다. 그 왕비의 모습과 사내의 얼굴빛이 소름끼치도록 정교하게 묘사되어 있었다.

소녀는 한동안 이 기괴한 그림에서 눈을 떼지 못하였다. 하지만 자신도 모르는 사이에 눈동자는 빛났고 그 입술은 떨려 왔다. 이상하게도 소녀의 얼굴은 조금씩 말희의 얼굴을 닮아 가고 있었다. 소녀는 그 속에 감추어져 있던 진정한 '자신'을 발견한 것이었다.

"이 그림에는 네 마음이 투영되어 있단다."

세이키치는 기분 좋게 웃으며 소녀의 얼굴을 물끄러미

8 고대 중국 은나라의 마지막 임금. 이름은 제신(帝辛), 주(紂)는 시호. 달기(妲己)라는 여자에게 빠져 주색을 일삼고 포악한 정치를 하며 나라를 어지럽히다가 결국 주나라 무왕에게 살해되었다.

9 중국 은나라 주왕의 비. 왕의 총애를 믿고 음탕하고 포악하게 행동하였는데, 뒤에 주나라 무왕에게 살해되었다. 망국의 악녀로 불린다. 여기서는 하나라 걸왕의 총희 말희와 달기를 같은 인물로 적고 있다.

들여다보았다.

"왜 제게 이런 무서운 그림을 보여 주시는 거예요?"

소녀는 창백해진 얼굴을 들어 올리며 말했다.

"이 그림 속 여인은 너다. 네 몸 속에는 이 여인의 피가 흐르고 있지."

그는 나머지 한 폭의 그림도 펼쳤다.

「비료」라는 제목의 그림이었다. 그림 한가운데는 젊은 여인이 벚나무에 몸을 기대고 서 있었다. 그녀는 자신의 발 아래에 쓰러져 켜켜이 쌓인 수많은 사내의 시체를 응시하고 있었다. 여인의 주변에서 승리의 함성인 양 지저귀며 날아다니는 작은 새의 무리, 그 여인의 눈빛에서는 도저히 억누를 수 없는 희열과 긍지가 흘러넘쳤다. 전투 후의 풍경일까, 봄날 꽃밭의 풍경일까? 소녀는 그림을 보며 어느새 자신의 마음 저 깊숙이 감춰져 있던 무언가를 찾아낸 것 같은 느낌에 사로잡혔다.

"이건 네 미래를 그림으로 표현한 거다. 여기 쓰러져 있는 사내들이 이제부터는 널 위해 목숨을 바치는 거지."

세이키치는 소녀의 얼굴과 완벽할 만큼 똑같은 그림 속 여인을 가리키며 말했다.

"제발 부탁드려요. 빨리 그림을 치워 주세요."

소녀는 유혹을 뿌리치려는 듯 등을 돌리며 바닥에 엎드려 얼굴을 파묻더니 이윽고 다시 입가를 부르르 떨며 말했다.

"나리, 제가 다 털어놓을게요. 나리가 생각하시는 대로 제게는 그림 속 여인과 똑같은 면이 있습니다. 그러니까 부디…… 이제 그만 그림을 치워 주세요."

"비겁하게 피하지 말고 좀 더 자세히 이 그림을 보거라. 무서움도 잠시란다."

세이키치의 얼굴에는 언제나처럼 심술궂은 미소가 감돌았다.

그러나 소녀는 쉽사리 고개를 들지 못했다. 옷소매로 얼굴을 가리고 여전히 고개를 떨군 채 같은 말을 반복했다.

"나리, 제발 저 좀 보내 주세요. 나리 곁에 있는 것이 두렵습니다."

"기다리거라. 내가 너를 아주 멋진 여인으로 만들어 줄 테니."

세이키치는 태연하게 소녀 곁으로 다가갔다. 그의 품속에는 예전에 네덜란드인 의사에게 받은 마취제병이 숨겨져 있었다.

태양은 눈부시게 강의 수면을 비추었고 네 평짜리 다다미방은 불타오를 듯 빛났다. 수면에서 반사된 태양빛이 무심히 잠든 소녀의 얼굴과 장지문에 금빛 파문을 그리며 흔들리고 있었다. 방문을 굳게 닫은 세이키치는 문신 도구를 든 채 한동안은 그저 넋을 놓고 앉아 있기만 했다. 한참이 지나서야 간신히 오묘하고도 아름다운 소녀의 모습을 찬찬히 훑어볼 수 있었다. 그 미동도 없는 얼굴을 마주 보고 있자니 십 년이고 백 년이고 이 방 안에 조용히 앉아 있는다 해도 전혀 싫증 날 것 같지 않았다. 고대 멤피스의 백성들이 장엄한 이집트 천지를 피라미드와 스핑크스로 꾸며 놓은 것처럼 세이키치는 맑고 깨끗한 인간의 피부를 자신의 사랑으로 물들이려는 것이었다.

이윽고 그는 왼손 새끼손가락과 약지 그리고 엄지에 그림 붓을 끼고 그 뾰족한 끝을 소녀의 등에 대었다. 그리고 오른손에 든 바늘로 그 위를 찔러 나갔다. 젊은 문신사의 영혼은 먹물 안에 녹아 소녀의 피부에 스며들었다. 소주에 섞여 새겨 들어가는 붉은 염료 한 방울 한 방울은 저마다 세이키치의 생명이 녹아든 결정체였다. 세이키치는 그 속에서 자신의 영혼의 색을 보았다.

어느새 오후도 훌쩍 넘어가고 화창한 봄날도 점차 저물어 갔지만, 세이키치의 손은 잠시도 멈추지 않았고 소녀도 잠에서 깨어나지 않았다. 소녀의 늦은 귀가를 걱정하여 마중 나온 심부름꾼을 "그 아이라면 벌써 돌아갔소이다."라며 돌려보냈다.

어느덧 달은 건너편 기슭의 도슈(土州) 저택에 걸려 있었다. 그 꿈같은 달빛이 강가 집들의 방으로 흘러 들어갈 무렵이었지만 아직 문신은 절반도 완성되지 못하였다. 세이키치는 타들어 가는 양초의 심지를 돋우며 전념을 다했다.

한 점의 색을 물들이는 것조차 쉽지 않았다. 바늘을 찌르고 빼는 순간마다 매번 깊은 숨을 내쉬며, 자신의 심장이 찔리는 고통을 느꼈다. 바늘의 흔적은 점차 거대한 무당거미의 형상을 갖추기 시작하였다. 또다시 밤이 희미하게 밝아오기 시작할 무렵, 그 기괴한 마성의 동물은 여덟 개의 다리를 뻗쳐 나가며 소녀의 등 전체를 뒤덮었다.

봄날의 밤은 강가에 오르내리는 나룻배의 노 젓는 소리에 환하게 밝아 왔고, 아침 바람을 품고 펼쳐진 흰 돛 위로는 봄 안개가 아스라이 사라져 갔다. 봄 안개 속에서 나카스(中洲), 하코자키(箱崎), 레이간지마(霊岸島) 일대의 모든 기와가 찬란히 빛나던 때였다. 세이키치는 그제야 그림 붓을 내려놓고 소녀의 등에 새겨 넣은 거미의 형체를 물끄러미 바라보았다. 이 문신이야말로 온전한 그의 생명이었다. 문신을 모두 끝낸 세이키치의 마음은 공허했다.

두 사람의 그림자는 한동안 조금도 움직이지 않았다. 이윽고 낮게 가라앉은 목소리가 방 안 가득 울려 퍼졌다.

"너를 정녕 아름다운 여인으로 만들기 위해 나는 문신에 내 혼을 모두 쏟아부었단다. 이제 이 나라에서 너보다 아름다운 여인은 없어. 지금까지 네 안에 있던 나약함은 이제 다 사라져 버렸다. 남자라는 남자는 모두 너의 비료가 될 게야……."

그 말이 통했는지 실처럼 가느다란 신음 소리가 소녀의 입술 사이로 흘러나왔다. 그녀는 점차 의식을 되찾아 갔다. 힘겹게 숨을 들이마시고 다시 힘겹게 내뱉는 어깨의 움직임에 거미의 다리는 마치 살아 있기라도 한 듯 꿈틀거렸다.

"괴로울 게다. 거미가 온몸을 꽉 끌어안고 있으니."

그 말에 소녀는 초점 없는 눈을 가늘게 떴다. 그 눈동자는 점차 초저녁 달빛보다 더 밝게 빛나면서 세이키치의 얼굴을 비추었다.

"나리, 빨리 제 등의 문신을 보여 주세요. 나리의 생명을 받았으니 틀림없이 더 아름다워졌을 거예요."

소녀는 꿈꾸듯 말했지만, 그 어조에는 어딘가 날카로운 힘이 담겨 있었다.

"자, 이제는 욕실로 가서 문신을 마무리할 거다. 괴롭겠지만 조금만 참아라."

세이키치는 소녀의 귓가에 입을 갖다 대고 어루만지듯 속삭였다.

"아름다워질 수만 있다면 어떻게든 참아 보겠어요."

소녀는 온몸의 고통을 억누르며 애써 미소 지었다.

"아아, 물이 스며 들어와 아파……. 나리, 제발 부탁이니까 저를 그냥 내버려 두고 2층에 가서 기다려 주세요. 남자에게 이런 비참한 모습을 보이는 건 수치스러우니까요."

소녀는 목욕을 끝낸 후 위로해 주는 세이키치의 손을 뿌리치며 말했다. 극심한 통증에 몸을 닦을 생각도 못 하고 욕실 바닥 위에 쓰러진 채 가위눌린 것처럼 신음했다. 그 고통을 말해 주듯 머리카락이 미친 사람처럼 볼에 흐트러져 있었다. 소녀의 등 뒤에는 거울이 걸려 있었다. 그 거울에는 두 개의 새하얀 발바닥이 또렷이 비춰졌다.

어제와는 확연히 달라진 소녀의 태도에 세이키치는 너무나 놀랐지만 소녀의 말대로 2층에서 혼자 기다리기로 했다. 대략 한 시간쯤 흘렀을까, 소녀는 물기 젖은 머리카락을 양어깨에 늘어뜨린 채 옷매무새를 가다듬고 올라왔다. 이윽고 고통의 그림자조차 느껴지지 않는 미소를 띠우며 난간에 기대어 선 채 어슴푸레 흐려져 가는 너른 하늘을 올려다보았다.

"이 그림을 문신과 함께 네게 줄 테니 그것을 가지고 이제 돌아가거라."

세이키치는 두루마리를 소녀의 앞에 내놓았다.

"나리, 저는 이제 예전의 제 나약한 마음을 완전히 없애 버렸습니다. — 나리는 맨 처음으로 제 비료가 되셨네요."

소녀의 눈동자는 칼날처럼 날카롭게 빛났다. 그녀의 귓가에는 승리의 노랫소리가 울려 퍼지고 있었다.

"돌아가기 전에 한 번 더 그 문신을 보여 다오."

세이키치의 말에 소녀는 말없이 고개를 끄덕인 후, 옷을 벗었다. 때마침 아침 햇살이 문신을 비추었고 소녀의 등은 찬란하게 빛났다.

소년

벌써 이십 년 전의 일이다. 내가 겨우 열 살이나 되었을까. 가키가라초(蛎殼町) 2번가 집에서 스이텐구(水天宮) 뒤쪽 아리마(有馬) 학교에 다녔을 때였으니 말이다. 흐릿하게 안개 낀 하늘을 뚫고 나온 햇살이 닌교초(人形町) 거리에 늘어선 상가의 푸르른 포렴을 따스하게 비추는, 막연하고 꿈같은 동심에도 어쩐지 봄이 느껴지는 만물이 생동하는 계절이었다.

화창하게 갠 어느 따뜻한 날이었다. 졸음이 쏟아질 것 같던 오후 수업을 마치고 먹물이 잔뜩 묻은 손으로 주판을 쥐고 학교 문을 막 나서려고 할 때였다.

"하기와라 에이(萩原栄)!"

누군가 뒤에서 내 이름을 부르며 허겁지겁 뒤쫓아 왔다. 같은 반 아이, 하나와 신이치(塙信一)였다. 입학 당시부터 소학교 4학년인 지금까지 시중드는 하녀가 한시도 곁에서 떨어진 적이 없는 소문난 겁쟁이에다가 아이들에게는 소심쟁이에 울보라는 놀림을 받으며 함께 놀 친구 하나 없는 부잣집 도련님이었다.

"나한테 뭐 할 말 있니?"

좀처럼 말을 걸어온 적이 없는 아이였기에 의아한 생각에 그 아이와 하녀의 얼굴을 물끄러미 바라보았다.

"오늘 우리 집에 와서 같이 놀자. 집 정원에서 오곡신 축제[10]가 열리거든."

신이치는 마치 주홍 비단 끈으로 묶어 놓은 것 같은 조그마한 입술로 다정하지만 조금 머뭇거리며 말을 건넸고 그 눈빛은 간절해 보였다. 언제나 주눅이 들어 외톨이로 있던 아이가 어째서 이런 뜻밖의 말을 건네는지 잠시 당황해서 그 아이의 표정을 읽어 내기라도 하려는듯 한동안 멍하니 서 있었다. 평상시에는 겁쟁이니 뭐니 험담을 해 대며 마구 괴롭혔지만, 막상 눈앞에 놓고 보니 역시 부잣집 도련님답게 품격 있고 고상해 보였다. 명주로 된 통소매에, 하카다(博多)에서 진상품으로 올라온 허리띠를 매고 줄무늬가 들어간 노란색 비단 겉옷에 옥양목으로 된 흰색 버선과 겨울용 조리를 신고 있었는데, 그 모습이 오뚝한 코에 희고 갸름한 얼굴과 잘 어울려서 새삼스레 그 품위에 한 대 얻어맞기라도 한 듯 넋을 잃고 말았다.

"하기와라 도련님, 저희 도련님과 함께 놀아 주시겠어요? 실은 오늘, 저희 집에서 축제를 연답니다. 되도록이면 얌전하고 귀여운 친구들을 초대해서 모시고 오라는 마님의 분

10 오곡신 축제는 농경의 신인 이나리사마(お稲荷様)를 기리는 축제로서, 음력 2월 5일에 열리는 경우가 많다.

부가 계셨거든요. 그래서 저희 도련님께서 하기와라 도련님을 초대하시려는 거예요. 꼭 놀러 와 주세요. 혹시 싫으신가요?"

"글쎄……. 그러면 일단 집에 돌아가서 부모님께 허락받은 후에 놀러 갈게."

하녀의 말에 속으로 우쭐해진 나는 일부러 어른스럽게 대답했다.

"아, 그렇겠네요. 그럼 도련님 댁까지 함께 가서 제가 어머님께 부탁을 드려 볼까요? 그런 후에 저희와 함께 가시죠."

"아니, 괜찮아. 집이 어디인지 아니까 나중에 혼자 갈게."

"어머, 그러시겠어요? 그럼 기다리겠습니다. 돌아가실 때는 제가 댁까지 모셔다 드릴 테니 걱정 마시라고 미리 말씀드리고 오세요."

"그럼, 이따 봐."

신이치를 향해 친근하게 인사를 했지만, 그 아이는 품위 있는 얼굴에 전혀 미소를 띠지 않고 의젓하게 그저 고개만 끄덕일 뿐이었다.

오늘부터 이런 부잣집 아이와 친해질 거라고 생각하니 왠지 기분이 좋아졌다. 평소 어울려 다니던 가발집 고키치(幸吉), 뱃사공집 뎃코(鉄公)에게는 들키지 않도록 서둘러 집으로 돌아와서 감색 교복을 벗고 줄무늬가 들어간 노란 비단 평상복으로 갈아입었다.

"어머니, 저 놀다 올게요!"

격자문에 대고 크게 외친 후, 겨울용 조리를 대충 꿰신고 그대로 신이치네 집으로 달려 나갔다.

학교 앞으로 곧바르게 나 있는 나카노(中之) 다리를 건너 하마초(浜町)의 오카다(岡田) 요정 담벼락에 다다랐다. 나카스 강변에 있는 이 지역은 왠지 모르게 황량함이 느껴지는 한적한 곳이었다. 지금은 없어졌지만 신오(新大) 다리 옆에서 조금 안쪽으로 들어가면 오른쪽에 그 유명한 경단 가게와 센베 가게가 있고, 맞은편 모퉁이에 길고 긴 담으로 둘러싸인 으리으리한 철창문이 바로 신이치네 집이었다. 그 앞을 지나노라니 저택 안 울창한 정원의 푸른 잎들 사이로 삼각 지붕 모양의 일본관[11] 기와가 은회색으로 빛났고 그 뒤로 서양관의 빛바랜 붉은 벽돌이 언뜻언뜻 보였는데 엄청난 부자가 살 것 같은 고풍스러운 모습이었다.

그날은 저택 안에서 축제가 있어서인지 활기차고 떠들썩한 연주 소리가 담장 밖까지 새어 나왔고, 골목길로 나 있는 활짝 열린 뒷문으로는 인근에 사는 가난한 집 아이들이 줄지어 들어가고 있었다. 정문 문지기에게 가서 신이치를 불러 달라고 부탁해 볼까 하다가 어쩐지 좀 두려운 생각에 그 아이들처럼 뒷문을 통해 저택 안으로 들어갔다. '우와, 무슨 집이 이렇게 크지?'라고 생각하면서 호리병처럼 생긴 연못가 잔디밭에 잠시 멈춰 서서 넓디넓은 정원을 둘러보았다. 지카노부

11 1800년대 말에서 1900년대 초에 걸쳐 부호들 사이에는 광대한 부지에 일본관과 서양관을 따로 건축하는 것이 유행하였다. 대부분의 서양관은 순수 유럽풍으로 건축되며 접객용으로 사용했으며, 일상생활은 주로 일본관에서 이루어졌다.

(周延)[12]가 그린 「지요다(千代田)의 비밀 정원」이라는 세 폭짜리 그림에나 나올 법한 포석정, 돌산, 석등, 도자기로 만든 두루미, 수석 등이 조화롭게 배치되어 있었다. 커다란 가름돌에서 작은 징검다리 여러 개가 길게 이어진 아득히 저 먼 곳에 궁궐 같은 연회석이 마련되어 있었다. 그곳에 신이치가 있을 거라 생각하자 아무래도 오늘은 만나 볼 수 없을 것 같았다.

수많은 아이들이 양탄자처럼 깔린 잔디를 밟으며 화창하고 따스한 햇살 아래에서 놀고 있었다. 가만히 살펴보니 아름답게 꾸며진 정원 한쪽 구석에 있는 오곡신 사당에서부터 골목길 쪽 뒷문까지 몇 걸음마다 재치 있는 말을 써넣은 행등이 나란히 세워져 있었고, 이곳저곳에 접대용 감주, 튀김, 단팥죽 등이 놓인 포장마차가 마련되어 있었다. 여흥을 돋우는 연주단과 씨름판을 벌린 아이들 주변에는 사람들이 새까맣게 몰려 있었다. 잔뜩 기대에 부풀어 놀러 왔던 나는 까닭 모를 실망감에 휩싸여 정처 없이 돌아다녔다. 그러다 감주가 놓인 포장마차 앞에 다다랐는데 빨간 어깨띠를 두른 하녀가 웃으며 말을 건넸다.

"저기 학생, 감주 마시러 와요. 돈은 안 받아."

난처한 표정을 지으며 그곳을 지나친 후 곧이어 튀김을 파는 포장마차 앞에 이르렀는데 이번에는 머리가 벗어진 어르신이 말을 걸어왔다.

"학생! 튀김 먹으러 와요. 돈은 없어도 돼."

12 도요하라 지카노부(豊原周延, 1838~1912): 일본 우키요에를 그린 풍속화가로서 미인화에 탁월한 재주를 보였으며 요슈(楊洲)라고도 불렸다.

"괜찮아요, 필요 없어요."

매몰차게 대답한 후 포기하고 되돌아가려는 생각에 뒷문으로 발길을 돌리는 순간, 감색의 짧은 겉옷을 걸친 한 남자가 술 냄새를 풍기며 다가왔다.

"학생, 아직 과자 못 받았지? 집에 갈 거면 과자 받아 가렴. 자, 이걸 가지고 저기 객실에 있는 아주머니한테 가면 과자를 줄 테니 얼른 받아 가거라."

그는 새빨갛게 물들인 과자 표를 건네주었다. 일순간 가슴속에서 서러움이 복받쳐 올라왔지만, 혹시 객실에 가면 신이치를 만날지도 모른다는 생각에 표를 받아 들고 다시 정원 안으로 걸어 들어갔다. 다행히도 얼마 안 있어 신이치의 시중을 들던 하녀를 만났다.

"어머, 도련님! 잘 오셨어요. 아까부터 이제나저제나 오시길 기다리고 있었답니다. 자, 저쪽으로 가시죠. 이렇게 미천한 아이들 틈에 어울려 계시다니……. 안 됩니다."

그녀가 친절하게 손을 잡아 주자 나도 모르게 눈물이 나서 곧바로 대답이 나오지 않았다.

어린아이 키 정도 높이의 툇마루를 따라 정원 쪽으로 튀어나온 널찍한 객실의 뒤편으로 돌아가자, 열 평 남짓한 안뜰 앞에 싸리 울타리를 둘러친 작은 객실이 나왔다.

"도련님, 친구분이 오셨습니다."

벽오동나무 아래에서 하녀가 큰 소리로 외치자 장지문 안쪽에서 종종거리며 달려 나오는 발소리가 들렸다.

"이리 올라와!"

격앙된 목소리로 외치며 신이치가 툇마루로 달려 나왔다.

'어? 저 겁쟁이가, 어디를 작동시키면 저런 힘찬 목소리가 나오는 걸까?'

의아하게 여기며 몰라볼 정도로 멋지게 차려입은 친구의 모습을 눈부신 듯 쳐다보았다. 신이치는 가문의 문장이 아로새겨진 부드러운 검은색 비단 통소매의 정식 예복을 입고 서 있었는데, 검은색 비단 옷감이 툇마루 가득히 비추는 눈부신 태양을 정면으로 받아 은빛 모래처럼 반짝반짝 빛났다. 그의 손에 이끌려 도착한 곳은 다다미 여덟 장 크기의 깔끔한 방이었다. 방 안 가득 달콤한 향내가 감돌았는데 찹쌀떡 과자를 담은 상자 속에서 풍겨 나오는지 그 냄새가 달큰했다. 방 안에는 두 사람이 오기를 기다리기라도 한 듯 갈색과 황색의 줄무늬가 들어간 부드럽고 푹신한 비단 방석이 깔려 있었다. 곧바로 하녀가 옻칠이 된 찻상에 과자며 차, 찰밥에 여러 가지 과자를 곁들인 음식을 들고 들어왔다.

"도련님, 마님께서 친구분과 사이좋게 드시랍니다……. 그리고 오늘은 좋은 음식을 드시니까 너무 장난치지 마시고 얌전하게 노십시오."

하녀는 머뭇거리는 내게 찰밥과 밤 과자를 권한 뒤 물러갔다.

고요하고 햇볕이 잘 드는 방이었다. 태양빛으로 빨갛게 물든 장지문에 툇마루 끝에 있는 붉은 매화 그림자가 비추었고, 저 멀리 정원에서는 "둥둥둥." 하는 북소리가 아이들의 왁자지껄 떠드는 소리에 뒤섞여 울려 퍼졌다. 마치 멀고도 먼 이상한 나라에 온 것 같은 기분이 들었다.

"신이치, 넌 항상 이 방에 있는 거야?"

"아니, 실은 여긴 누나 방이야. 저쪽에 재미있는 장난감 많이 있는데 보여 줄까?"

신이치는 작은 벽장 안에서 나라(奈良)의 쇼조(猩々)[13] 인형, 정교하게 만들어진 노인과 노파의 탈, 교토의 전통 목각 인형, 후시미(伏見) 지역의 찰흙 인형, 이즈쿠라(伊豆蔵) 인형[14]을 꺼내 주변에 예쁘게 늘어놓고 각양각색의 남녀 머리 인형[15]을 다다미 틈새에 끼워서 빼곡하게 세워 놓았다. 두 사람은 이불에 엎드린 채 수염을 기르거나 눈을 드러낸 정교한 인형의 표정을 가까이서 뚫어지게 들여다보았다. 그러고는 이렇게 작은 인간들이 사는 세상을 상상해 보았다.

"여기 그림책도 많이 있다!"

신이치는 벽장 선반에서 가부키 배우인 한시로(半四郎)와 기쿠노조(菊之丞)의 초상화가 가득 그려진 그림책 여러 권을 끙끙거리며 끄집어내어 보여 주었다. 몇십 년이나 되었는지 모르는 목판 인쇄의 극채색이 광택조차 바래지 않고 선명하게 빛나는 미농지 겉표지를 열자 퀴퀴한 냄새가 확 코를 찔렀고, 보풀이 일어난 종이 위에 옛 막부 시대의 아름다운 남녀가 나타났다. 그 모습은 이목구비에서부터 생기가 넘쳐흘렀고 섬세한 손과 발끝까지 살아 움직이는 것처럼 묘사되

13 쇼조는 공상 속 괴물의 일종으로 산이나 바닷가에 산다고 여겨진다. 원숭이처럼 털이 무성하지만 사람의 얼굴을 가지고 있으며 사람의 이야기를 이해한다고 알려져 있다.

14 교토에서 생산되는 대표적인 인형으로, 오사카의 인형 가게 장인 이즈쿠라에 의해 제작된 사실에서 유래한 명칭이다.

15 머리 인형은 흙으로 제작된 머리에 댓살이나 나무 꼬챙이를 끼워 넣은 것인데, 인형 놀이에 애용되었다.

어 있었다. 신이치네 저택과 똑같이 생긴 궁궐 안뜰에서 공주님이 여러 시녀들과 함께 반딧불을 뒤쫓는가 하면, 스산한 다리 옆에서는 삿갓을 깊게 눌러쓴 무사가 시종의 목을 내려치고 나서 시체의 품속에서 찾아낸 편지를 달빛에 비추어 읽고 있었다. 그다음 장에는 검은 옷을 입고 복면을 한 수상한 자가 방 안으로 몰래 숨어 들어가, 올린 머리를 한 채 깊이 잠들어 있는 궁녀의 목을 이불 위에서 칼로 찌르고 있었다. 또 어떤 곳에서는 행등의 희미한 불빛이 드리운 가운데 피가 뚝뚝 떨어지는 면도칼을 입에 문 요염한 잠옷 차림의 여인이 허공을 붙잡고 발밑에 쓰러진 죽은 남자의 모습을 힐끗 쳐다보면서 "꼴좋게 됐군."이라 말하며 서 있었다. 우리가 가장 흥미롭게 들여다본 것은 기괴한 살인 장면이었다. 눈알이 튀어나온 시체의 얼굴, 두 동강 난 몸뚱아리에 다리만 남은 채 서 있는 사람, 검붉은 핏자국이 마치 구름처럼 얼룩져 있는 기이한 그림을 완전히 넋이 나간 채 들여다보았다.

"어머, 신짱! 너 또 남의 물건으로 못된 장난치는 거지!"

화려하게 나염된, 소매가 긴 기모노를 입은 열서너 살의 여자아이가 미닫이문을 열고 뛰어 들어오며 소리쳤다. 좁은 이마에 야무진 눈매와 입매를 가진 소녀는 마치 어린애처럼 씩씩 화를 내면서 우뚝 선 채로 우리를 매섭게 노려보았다. 신이치도 주눅이 들 대로 들어 얼굴이 창백해졌으리라 생각했는데 의외의 말을 내뱉었다.

"무슨 말을 하는 거야? 장난 같을 걸 칠 리가 있겠어? 그냥 친구한테 보여 주는 거잖아!"

마치 상대하고 싶지도 않다는 듯 누나 쪽은 거들떠보지도 않고 그림책을 넘기며 말했다.

"지금 장난치고 있잖아! 어머, 안 된다니까!"

누나는 종종걸음으로 달려와서 우리가 보고 있던 책을 잡아채려 했지만 신이치도 좀처럼 놓지 않았다. 당장이라도 매듭이 뜯겨져 나갈 듯 책의 겉표지와 뒷면을 양쪽에서 팽팽하게 서로 잡아당기며 한동안 두 사람은 그렇게 서로를 노려보았다.

"야, 이 구두쇠야! 다시는 안 빌릴 거야!"

신이치가 갑자기 책을 집어던졌다. 마침 옆에 있던 나라 인형도 집어 들어 누나의 얼굴을 향해 던졌지만 빗나가서 장식단 벽에 가 부딪쳤다.

"거봐. 지금 장난치고 있잖아! 어, 너 또 나 때렸어! 좋아, 때리고 싶으면 더 때려 봐. 이것 봐! 너 때문에 지난번 멍든 자국도 아직 이렇게 남아 있잖아. 이거 아버지한테 보여 주고 네가 어떤 짓을 했는지 일러 줄 테니까 각오해!"

원망스러운 듯 눈물을 글썽이며 누나는 비단 옷자락을 걷어 올리고 새하얀 오른쪽 정강이에 남아 있는 멍 자국을 보여 주었다. 무릎에서 종아리에 걸쳐 혈관이 새파랗게 들여다보이는 얇고 보드라운 피부 위에 보라색 반점이 마치 물든 것처럼 애처롭게 드러났다.

"이르고 싶으면 맘대로 일러 봐! 이 구두쇠야!"

신이치는 인형을 마구 발로 차서 쓰러뜨렸다.

"우리 정원에 가서 놀자!"

신이치는 나를 데리고 그곳에서 뛰쳐나왔다.

"네 누나, 지금도 울고 있을까?"

밖으로 나오자 미안하면서도 애처로운 마음이 들어 물어보았다.

"울어도 상관없어. 맨날 싸워서 울리는걸. 누나라 해도 첩의 자식인데 뭘."

신이치는 건방지게 말을 내뱉더니 서양관과 일본관 사이에 높이 서 있는 느티나무와 팽나무 그늘로 걸어 들어갔다. 오래된 고목나무 가지가 울창하게 우거진 그곳에는 햇빛이 잘 들어오지 않아 으스스했고 질척거리는 땅에는 푸른 이끼가 잔뜩 끼어 있었다. 그 어둡고 서늘한 기운이 우리의 목 언저리로 스멀스멀 스며드는 것 같았다. 근처에는 늪이나 연못도 없는데 오래된 우물의 흔적인지 탁한 물웅덩이가 고여 있었고 그 위에 청록색 수초가 둥둥 떠 있었다. 우리는 그곳에 앉아 눅눅한 흙냄새를 맡으며 다리를 아무렇게나 뻗고 멍하니 있었다. 그때 어디선가 그윽하고 신비한 연주 소리가 들려왔다.

"저건 무슨 소리지?"

정신을 집중해서 그 소리에 귀를 기울였다.

"누나가 치는 피아노 소리야."

"피아노가 뭔데?"

"오르간 같은 거라고 누나가 말해 줬어. 매일 외국 여자가 서양관에 와서 누나를 가르치거든."

신이치는 서양관 2층을 가리키며 말했다. 분홍색 커튼이 쳐진 창 안에서 끊임없이 흘러나오는 신비로운 울림……. 때로는 숲속 요괴의 웃음소리가 메아리치는 것 같다가 어떤 때는 동화 속에서 난쟁이들이 빼곡히 한데 어울려 춤을 추는 것 같았다. 수천 개의 섬세한 상상의 비단 색실로 어린 마음에 미묘한 꿈을 한 땀 한 땀 새겨 넣는 그 신비로운 울림은 마치 이 오래된 늪 밑바닥에서 퍼져 나오는 연주 소리 같다는 착각마저 불러일으켰다.

연주가 끝났는데도 나는 아직 사라지지 않은 황홀감의 끝자락을 마음속으로 음미하면서 당장이라도 그 외국인과 누나가 얼굴을 내밀지 않을까, 하는 기대감에 꼼짝 않고 창문을 바라보았다.

"신짱, 너 저기에는 안 놀러 가니?"

"장난치면 안 된다고, 어머니가 절대로 들여보내 주지 않으셔. 언젠가 살짝 가 봤는데 문이 잠겨서 아무리 해도 안 열리더라고."

우리 둘 다 호기심 가득한 눈빛으로 2층을 올려다보는데, 바로 그때 뒤에서 소리가 들려왔다.

"도련님! 셋이서 같이 놀까요?"

뒤돌아보니 달려오는 아이가 눈에 들어왔다. 같은 학교 한두 학년 위의 남자아이였는데, 그 이름까지는 몰랐지만 매일같이 후배를 괴롭히기로 유명한 골목대장이어서 얼굴만큼은 익히 알고 있었다.

'왜 저 아이가 여기에 온 걸까?'

의아해하면서 잠자코 상황을 지켜보았는데, 그 아이는 자신을 "센키치, 센키치."라고 함부로 불러 대는 신이치에게 오히려 "도련님, 도련님." 하면서 비위를 맞춰 주고 있었다. 나중에 듣자 하니 신이치네 집 마부의 아들이었던 것이다. 당시의 나로서는 맹수를 다루는 서커스의 미녀 조련사를 보는 시선으로 신이치를 바라보지 않을 수 없었다.

"그럼 우리 셋이서 순경 놀이를 하자! 우리 둘이 순경할 테니까 네가 도둑을 해."

"제가 도둑인 건 상관없지만, 지난번처럼 너무 심하게 대하시면 안 돼요. 도련님이 새끼줄로 묶고 코딱지 붙였었잖아요."

두 사람의 대화를 듣고는 무척 놀랐지만, 여자아이처럼 곱상한 신이치가 난폭한 곰같이 생긴 센키치를 꽁꽁 묶어서 괴롭히는 모습은 아무리 애써 보아도 도저히 상상할 수가 없었다.

이윽고 순경이 된 우리는 늪 주위와 나무숲 사이를 누비며 도둑인 센키치를 쫓아다녔다. 우리는 둘인데도 나이가 많은 센키치를 좀처럼 잡을 수가 없었지만, 간신히 서양관 뒤쪽 담 구석에 있는 헛간까지 몰아넣는 데 성공했다.

우리는 조용히 눈짓으로 신호를 보낸 뒤 숨을 죽이며 발소리가 나지 않게 살금살금 헛간으로 들어갔다. 그러나 어디에 숨었는지 그 어디에서도 센키치의 모습을 찾아볼 수가 없었다. 어둑어둑한 헛간에서는 된장과 간장이 담긴 통에서 나는 케케묵은 냄새가 숨 막힐 듯 진동했고, 거미집이 주렁주렁 달린 지붕 밑과 나무통 주위를 꿈실꿈실 기어 다니는 쥐며느리의 모습은 어쩐지 신기하고 재미난 장난거리가 숨어 있다며 어린아이들을 부추기는 것 같았다. 바로 그때 어디에선가 킥킥 소리 죽여 웃는 소리가 들렸고 대들보에 매달려 있던 바구니에서 우지직하는 소리가 나는가 싶더니 "와악!" 하고 센키치가 모습을 드러냈다.

"야! 내려와. 안 내려오면 따끔한 맛을 보여 줄 거야!"

신이치는 밑에서 고함을 쳤고 우리는 함께 빗자루로 센키치의 얼굴을 찌르려 했다.

"어디 와 봐요! 누구라도 가까이 오기만 하면 오줌을 갈겨 줄 테니!"

당장이라도 소변을 볼 것 같은 센키치의 행동에 신이치는 바구니 바로 밑으로 다가가 옆에 있던 장대를 들더니 바구니 틈 사이로 센키치의 엉덩이와 발바닥 여기저기를 마구 찌르기 시작했다.

"자, 이래도 안 내려올 테냐!"

"아야, 아야, 도련님! 이제 내려갈게요. 용서해 주세요!"

비명을 지르며 빌던 센키치가 아픔을 참으며 내려오자 신이치가 재빨리 그 아이의 멱살을 잡아채더니 엉터리 심문을 하기 시작했다.

"어디에서 뭘 훔쳤는지 솔직하게 자백해!"

곧이어 센키치는 포목점 시로키야(白木屋)[16]에서 옷감을 다섯 필 훔쳤다는 둥 그 유명한 닌벤[17]에서 가다랑어포를 훔쳤다는 둥 일본 은행에서 돈을 훔쳤다는 둥 얼토당토않은 이야기를 마구잡이로 늘어놓았다.

16 시로키야는 니혼바시에 있는 큰 포목점으로 근대 시대에 들어서는 백화점으로 변경, 이후 도큐 백화점으로 명성을 이어 오고 있다.

17 닌벤은 니혼바시에 있는 가다랑어포(가쓰오부시)로 유명한 점포 이세야(伊勢屋)의 다른 이름. 가쓰오부시 하면 닌벤, 닌벤 하면 가쓰오부시라고 일컬어질 정도로 유명한 가게다.

"음……. 그래? 아주 뻔뻔스러운 녀석이로군. 나쁜 짓 한 게 더 있을 텐데! 사람을 죽인 적은 없나?"

"예, 있습니다. 구마가이(熊谷) 제방에서 안마사를 죽이고 오십 냥이 든 지갑을 훔쳤습죠. 그 돈으로 요시와라 유곽에 갔습니다."

엉터리 연극이나 노조키카라쿠리(覗き機功)[18]에서 봤는지 센키치는 능숙하게 임기응변으로 척척 대답하였다.

"그거 말고도 더 죽였지! 좋아, 좋아! 말을 안 하는군. 그렇게 입 다물고 있으면 고문을 하겠다!"

"그게 다입니다. 제발 용서해 주십쇼!"

센키치는 두 손을 모아 간절히 빌었지만 신이치는 그 말을 귓등으로도 듣지 않고 센키치가 매고 있던 꾀죄죄한 연노랑 모직물 허리띠를 잽싸게 풀어내더니 그의 양손을 뒤로 돌려 묶은 다음, 남은 끈으로 양발의 복사뼈까지 재빨리 능숙하게 옭아맸다. 이윽고 센키치의 머리카락을 잡아당기더니 뺨을 꼬집고 눈꺼풀 안쪽 빨간 부분을 까뒤집어서 흰자위를 튀어나오게 하고 귓불과 입술 가장자리를 잡고 마구 흔들어 댔다. 아역 배우나 어린 게이샤의 손같이 가냘프고 창백한 신이치의 손끝이 교묘하게 움직이며 거칠고 거무튀튀한 살결에 보기 흉하게 살찐 센키치의 얼굴 근육을 마치 고무처럼 재미나게 늘리거나 오그라뜨리는 것이었다. 그러다 이내 싫증이라도 났는지 이렇게 외쳤다.

18 커다란 상자에 넣은 그림을 상자 앞면의 렌즈로 들여다보면서 그 안의 그림을 바꾸어 가며 이야기를 들려주는 구경거리. 즉 요지경.

"잠깐 기다려 봐! 넌 죄인이니 이마에 문신을 새겨 줄 테다!"

신이치는 옆에 있던 숯 가마니 속에서 사쿠라 숯[19]을 꺼내더니 침을 탁 뱉은 후 센키치의 이마에 대고 문지르기 시작했다. 그 무지막지한 행동에 처음에는 괴상하게 일그러져 당장이라도 허물어져 내릴 것 같은 표정으로 질질 짜며 울던 센키치는 끝내 그럴 끈기마저 잃었는지 신이치가 하는 대로 그냥 내버려 두는 것이었다. 평소 학교에서는 너무나도 강하고 거칠게 굴던 골목대장인 그 아이가 오로지 신이치를 위해 처참한 몰골로 마치 도깨비 같은 표정을 짓고 있는 모습을 보고 있노라니, 나도 모르게 이제까지 전혀 느껴 본 적이 없는 일종의 신기한 쾌감에 사로잡혀 갔다. 그러나 내일이 되면 학교에서 앙갚음을 당할지 모른다는 두려움에, 그 장난에 동참하려는 마음은 들지 않았다.

잠시 후 묶여 있던 허리띠를 풀어 주자 센키치는 원망스러운 듯 신이치의 얼굴을 흘겨보더니 힘없이 축 늘어져 납작 엎드린 채 말을 걸어도 움직이지 않았다. 팔을 붙잡아 일으켜 세우려 해도 또다시 축 늘어지며 쓰러지고 마는 것이었다. 우리는 조금 걱정스러운 마음에 그 모습을 살피며 잠자코 서 있었다.

"야아, 괜찮아?"

신이치가 거칠게 센키치의 목덜미를 잡아채더니 뒤로 젖혀 보았다. 그사이에 센키치는 우는 흉내를 내며 옷소매

19 사쿠라(佐倉) 지방에서 나는 상수리나무로 만든 숯으로 높은 품질을 자랑한다.

로 더러워진 얼굴을 반 정도 닦아 냈다. 그 우스꽝스러운 모습에 세 사람은 서로 마주 보며 크게 웃음을 터뜨렸다.

"와하하하하!"

"우리 이번에는 다른 거 하면서 놀자."

"도련님, 이제 심한 장난은 치지 마세요. 여기 보세요. 이렇게 심하게 멍이 들었잖아요."

그의 손목에는 빨갛게 묶인 자국이 그대로 남아 있었다.

"내가 늑대가 될 테니까 두 사람은 나그네를 해. 그리고 너네 둘이 나중에 늑대에게 잡아먹히는 거야."

신이치의 또 다른 제안에 나는 어쩐지 섬뜩했지만, 센키치는 선뜻 대답했다.

"네, 그러지요."

달리 빠져나갈 방도가 없었다. 나와 센키치가 나그네 역할인데 이 헛간을 사당이라 치고 노숙을 하고 있으면 한밤중에 늑대인 신이치가 습격해서 문밖에서 계속해서 울부짖기로 했다. 마침내 늑대가 문을 물어뜯어 부순 뒤 사당 안으로 기어 들어와 개인지 소인지 모를 희한한 울음소리를 내며 도망 다니는 두 나그네를 쫓아다녔다. 너무나 진지한 신이치의 행동에 붙잡히면 무슨 짓을 당할지 모른다는 공포감이 스멀스멀 밀려와 겉으로는 웃음을 지었지만 불안한 마음에 실상은 가마니 위로, 멍석 뒤편으로 죽을힘을 다해 도망쳐 다녔다.

"야, 센키치! 넌 이미 다리를 뜯겼으니까 걸으면 안 돼!"

늑대인 신이치는 이렇게 외치며 나그네인 센키치를 사

당 구석으로 몰아넣더니 그 몸 위로 펄쩍 뛰어올라 여기저기를 마구 물어뜯기 시작했다. 그러자 센키치는 마치 배우처럼 괴로운 표정을 지으며 눈을 부릅뜨거나 입술을 일그러뜨리면서 다양한 몸짓으로 실감 나게 연기를 해 댔다. 그러다 결국에는 목을 물어뜯겼고, "악!" 하는 외마디 비명 소리를 마지막으로 손과 발을 부들부들 떨더니 허공을 부여잡고 푹 고꾸라졌다.

'그럼 이제 내 차례구나…….'

이런 생각이 들자 안절부절 어찌할 바를 몰라 서둘러 나무통 위로 뛰어 올라갔지만 늑대가 밑에서 옷자락을 물더니 엄청난 힘으로 세차게 잡아당겼다. 나는 새파랗게 질려 나무통을 있는 힘껏 붙잡아 보았지만 과격한 늑대의 성난 모습에 주눅이 들 수밖에 없었다.

'아, 이제 죽었구나.'

체념한 순간 밑으로 떨어지며 땅바닥에 벌렁 나자빠지자 신이치가 질풍처럼 달려들어 내 목덜미를 물어뜯었다.

"자, 이제 두 사람 다 죽었으니까 내가 무슨 짓을 해도 움직이면 안 돼! 이제부터 뼈까지 다 핥아 줄 테니."

신이치의 말에 우리는 볼썽사나운 모습으로 대자로 땅바닥에 쓰러진 채 옴짝달싹하지 않았다. 그런데 갑자기 몸 이곳저곳이 간지러워졌고 벌어진 옷자락 사이로 차가운 바람이 가랑이까지 솔솔 스며들었다. 쭉 뻗은 오른손 손가락 끝이 센키치의 머리카락에 살짝 닿아 있는 느낌이었다.

"이 녀석이 살쪄서 더 맛있어 보이는군. 그럼 먼저 먹어 치워 볼까?"

신이치는 즐거워 죽겠다는 표정으로 센키치의 몸 위로 기어 올라갔다.

"너무 심하게는 하지 말아 주세요."

센키치는 눈을 반쯤 뜨고 작은 소리로 부탁하듯이 속삭였다.

"아주 심하게는 안 할 테니까 움직이지 마!"

신이치는 과장된 몸짓으로 우적우적 입맛을 다시면서 머리에서 얼굴, 가슴에서 배, 양팔에서 허벅지와 정강이까지 게걸스럽게 먹어 대더니, 흙 묻은 조리를 신은 발로 얼굴이건 가슴이건 상관할 것 없이 닥치는 대로 마구 짓밟는 것이었다. 결국 센키치의 몸은 또다시 온통 흙투성이가 되었다.

"자, 이제부터 엉덩이를 먹을 차례다."

이윽고 신이치가 센키치를 엎어 놓고 엉덩이를 벗기자, 마치 락교 두 개를 나란히 놓은 것처럼 허리 아래 부분이 발가벗겨져 훤히 드러났다. 센키치의 옷자락을 걷어 올려 머리를 덮어씌우고 등에 올라탄 신이치는 또다시 게걸스럽게 잡아먹는 시늉을 냈다. 하지만 그런 짓을 당하면서도 꾹 참고 있던 센키치가 추웠는지 소름 돋은 그의 엉덩이 살이 곤약처럼 부르르 떨렸다.

'이제 나도 저런 꼴을 당하겠지.'

이런 생각이 들자 나도 모르게 가슴이 두근거렸다. 그러나 설마 센키치처럼 험한 꼴이야 당하겠느냐 싶으면서도 한편으로는 가슴 졸이고 있었는데, 별안간 신이치가 내 가슴 위로 올라타더니 코끝부터 먹어 치우기 시작했다. 내 귀에는 바스락바스락 비단 옷자락 안감이 스치는 소리가 들려왔다.

신이치의 옷에서 풍겨 나오는 나프탈렌 향이 코끝을 자극했고, 보드라운 비단 옷감은 간질간질 내 뺨을 어루만졌다. 신이치의 따스한 몸이 가슴과 배를 지그시 내리눌렀다. 촉촉한 입술과 날름대는 미끌미끌한 혀끝이 간지럽게 코를 핥아 내리는 그 기괴한 감각에 두려움은 사라지고 오히려 그 매혹에 마음을 완전히 빼앗겼으며 나중에는 쾌감마저 느껴졌다. 결국엔 왼쪽 옆얼굴부터 오른쪽 뺨에 이르기까지 얼굴이 온통 짓밟혔고 코와 입술은 신발 바닥의 진흙으로 짓이겨졌지만, 그조차도 짜릿했다. 어느새 내 몸과 마음 모두가 신이치의 꼭두각시가 된 것을 기뻐하고 있었다.

얼마 지나지 않아 신이치는 나 역시 엎어 놓고 옷을 벗긴 후, 허리 아래 부분을 날름거리며 먹어 치웠다. 그는 두 사람의 벌거벗겨진 엉덩이가 땅바닥에 나란히 놓여 있는 모습을 보면서 자못 재미있다는 듯 깔깔대며 웃어 젖혔다. 그때 갑자기 앞서 보았던 하녀가 헛간 문 앞에 나타났고 센키치와 나는 깜짝 놀라 일어났다.

"어머나! 도련님. 여기 계셨어요? 옷이 이렇게 엉망이 되도록 뭘 하고 노신 거예요? 왜 또 이런 지저분한 곳에서만 노시는 거예요? 센키치! 다 너 때문이야, 정말."

하녀는 매서운 눈초리로 혼을 내면서 진흙 발자국이 아로새겨진 센키치의 얼굴을 수상하다는 듯 쳐다보았다. 짓밟힌 얼굴 자국이 여전히 따끔거리는 것을 꾹 참고 있던 나는 왠지 아주 나쁜 짓을 저지른 것 같은 기분에 그 자리에 꼼짝 않고 서 있었다.

"자, 이제 목욕물도 데워졌으니 적당히 노시고 집 안으로 들어가세요. 안 그러면 어머님께 혼나셔요. 도련님 친구분도 이리 오세요. 너무 늦었으니 제가 댁까지 모셔다 드릴까요?"

나에게만 상냥하게 묻는 그 말을 딱 잘라 거절했다.

"혼자 갈 거니까 안 데려다줘도 돼."

문 앞까지 바래다준 세 사람에게 작별 인사를 건네고 바깥으로 나왔더니, 거리에는 어느덧 푸르스름한 저녁 안개가 자욱이 깔려 있었고 해안가에는 가로등 불빛이 반짝였다. 문득 무섭고도 이상한 나라에서 갑자기 인간 세상으로 튕겨져 나온 기분이 들었다. 오늘 일어난 일을 꿈처럼 회상하면서 집으로 돌아왔는데, 신이치의 고상하고 아름다운 용모와 사람을 사람처럼 대하지 않는 그 건방진 행동은 하루 사이에 내 마음을 완전히 사로잡아 버렸다.

다음 날 학교에 갔더니 어제 그토록 심한 짓을 당했던 센키치는 여전히 여러 아이들을 이끌고 골목대장 노릇을 하며 힘없는 아이들을 괴롭히고 있었다. 그에 반해 신이치는 평소처럼 겁쟁이 모습으로 돌아가 잔뜩 기가 죽어 운동장 구석에서 하녀와 함께 있었다. 그 위축된 행동에 딱한 마음마저 들었다.

"신짱, 나랑 놀래?"

"싫어."

말을 걸어 보았지만 미간을 찌푸리며 불쾌한 듯 고개를 내젓기만 했다.

그로부터 닷새 정도 지난 어느 날의 일이었다. 집으로 돌아가려는데 신이치의 하녀가 또다시 나를 불러 세웠다.

"오늘은 저희 아가씨가 히나 인형[20]을 장식하는 날이니 놀러 오세요."

이전과 달리 그날은 저택 정문으로 곧장 가서 문지기에게 인사를 하고 들어갔다. 정면으로 보이는 현관 옆 격자 출입문을 열자마자 곧바로 센키치가 달려 나오더니 복도를 따라 중간층에 있는 큰 다다미방으로 나를 데려다주었다. 그 방에는 신이치와 그의 누나 미쓰코(光子)가 히나 인형 진열대인 히나단 앞에 엎드려 볶은 콩을 먹고 있었는데, 우리 둘이 들어가자 갑자기 킥킥대며 웃음을 터뜨렸다. 아무래도 뭔가 또 터무니없는 장난을 꾸미고 있는 기색이었다. 센키치도 불안했는지 남매의 얼굴을 바라보며 물었다.

"도련님, 뭐 재미난 일이라도 있나요?"

방 안에는 주홍색 천으로 뒤덮인 히나단이 놓여 있었다. 마치 아사쿠사의 그 웅장한 관음전 같은 기와지붕이 히나단 위에 우뚝 솟아 있었고, 그 중앙에는 왕과 왕후 인형 한 쌍 그리고 궁녀 악사 인형 다섯이 놓여 있었다. 그 왼쪽으로는 벚나무, 오른쪽에는 귤나무가 장식되어 있었고 아래에는 시종 인형 셋이 술을 데우는 모습으로 놓여 있었다. 그 아래 단에는 촛대, 밥상, 이를 물들이는 도구, 금박으로 넝쿨무늬를 아로새긴 공예품이 진열되어 있었다. 그곳에는 지난번에 누나 방에서 보았던 인형 여러 개도 함께 놓여 있었다.

그 앞에 서서 넋을 잃은 채 히나단을 뚫어지게 바라보고 있는데, 신이치가 슬며시 뒤로 다가오며 속삭이듯 말했다.

20 여자아이의 축제. 3월 3일에 열리는 히나(雛) 축제 때 장식하는 인형.

"지금 센키치에게 탁주를 먹여서 취하게 할 거야."

그러더니 곧바로 후다닥 센키치에게 달려가서 시치미를 뚝 떼며 말을 걸었다.

"야, 센키치! 우리 넷이서 술잔치 벌일래?"

그렇게 넷은 둥그렇게 둘러앉아 볶은 콩을 안주 삼아 탁주를 마시기 시작했다.

"이거 참으로 훌륭한 술이군요!"

센키치는 어른스러운 말투로 모두를 웃기면서 마치 술잔을 들고 있는 것처럼 찻잔에 담긴 탁주를 벌컥벌컥 들이켰다. 그가 이제 곧 취하리라 생각하자 흥겨움이 가슴까지 치밀어 올랐고, 미쓰코 누나는 이따금 더 이상 참을 수 없다는 듯 배꼽을 움켜쥐며 웃어 댔다. 그러나 센키치가 완전히 취했을 때는 그때까지 조금씩 마셔 가며 술 상대를 했던 세 사람도 슬슬 취기가 올라오기 시작했다. 아랫배 부근에서 뜨거운 술이 부글부글 끓어올랐고 이마 양쪽 관자놀이에서는 땀까지 살짝 배어 나왔다. 머리는 묘하게 찌릿찌릿 저려 왔고 다다미 방바닥이 배 밑바닥처럼 출렁거리듯 마구 흔들렸다.

"도련님, 저 취했나 봐요. 모두들 얼굴이 새빨개졌어요. 그럼 어디 한번 일어나서 걸어 볼까요?"

센키치는 일어나서 활개를 치며 방 안을 휘젓고 다녔지만 이내 다리에 힘이 풀려 휘청거리다가 쓰러지면서 쿵 하고 기둥에 머리를 부딪쳤다. 우리 셋은 참지 못하고 와하하 웃음을 터뜨렸다.

"아이쿠, 이 녀석."

얼굴을 찡그리며 머리를 연신 문지르던 센키치도 그런

자신의 모습이 우스꽝스러웠는지 웃음을 참지 못하고 콧소리까지 내며 킥킥거렸다.

이윽고 나머지 셋도 센키치 흉내를 내며 일어서서 걷다가는 쓰러지고, 쓰러져서는 깔깔대고 웃으며 흥에 겨워 마구 떠들어 대기 시작했다.

"에잇! 아, 기분 좋다. 나 취했나 봐. 제길."

센키치가 옷자락을 걷어 올려 허리춤에 질러 넣은 뒤 가슴팍에 주먹을 넣어 옷을 부풀려 힘깨나 쓰는 사람 흉내를 내며 걸어 다니자, 신이치와 나, 결국에는 미쓰코까지 옷자락을 허리춤에 질러 넣고 어깨에 주먹을 집어넣고는 마치 여장 도적인 오조키치자(お孃吉三)처럼 행동했다.

"제길, 나도 취했어."

모두들 줄지어 방안을 비틀비틀 걸어 돌아다니다 쓰러져서는 자지러지게 웃어 젖혔다.

"아! 도련님! 도련님! 우리 여우놀이 할래요?"

갑자기 재미있는 생각이 났는지 센키치가 말을 꺼냈다. 나와 센키치, 촌사람 둘이 여우를 퇴치하러 길을 나섰다가 오히려 여자로 둔갑한 여우인 미쓰코에게 홀려서 호되게 당하고 있으면 우연히 길을 지나던 사무라이 신이치가 두 사람을 구한 후 여우를 퇴치한다는 내용이었다. 아직 취해 있던 세 사람은 즉시 찬성했고 연극은 시작되었다.

먼저 촌사람 둘이 수건으로 머리를 동여매고 옷자락을 허리춤에 질러 넣은 뒤 제각기 먼지떨이를 무기 삼아 머리 위로 치켜들고 등장했다.

"아무래도 이 근처에 나쁜 여우가 나타나 사람들을 괴

롭힌다고 하니 오늘이야말로 당장 물리쳐야겠어."

바로 그때 맞은편에서 여우 미쓰코가 다가왔다.

"여보세요, 나리님! 맛있는 요리를 대접할 테니 저와 함께 가시죠."

어깨를 톡 하고 건드리자 두 촌사람은 순식간에 홀려 버리고 말았다.

"이야! 이거 대단한 미인인걸!"

우리는 눈을 가늘게 뜨며 미쓰코에게 추근거리기 시작했다.

"두 사람 모두 나한테 홀렸으니까 똥을 맛있는 음식인 양 먹어야 돼."

미쓰코는 재미있어서 못 견디겠다는 듯 깔깔거리며 자신의 입으로 물어뜯은 팥고물 묻힌 찰떡과 발로 뭉개 뒤범벅이 된 메밀만두, 콧물을 묻혀서 굳힌 볶은 콩을 아주 더러워 보이는 접시에 수북이 담아 우리 앞에 늘어놓았다. 그러고는 탁주에 가래와 침을 뱉어 넣더니 우리에게 권했다.

"이건 오줌으로 만든 술이라고 치자. 자, 모두들. 한 잔씩 드세요."

"너무 맛있다! 진짜 맛있어!"

입맛까지 다셔 가면서 나와 센키치는 맛있다는 듯 남김없이 다 먹어 치웠는데, 탁주와 볶은 콩에서 이상하게 짠맛이 났다.

"지금부터 내가 샤미센을 켤 테니까 두 사람은 과자 접시를 머리에 얹고 춤을 추는 거야."

미쓰코가 먼지떨이를 샤미센인 양 튕겨 대며 "에헤라

디야." 노래를 부르자 두 사람은 과자 접시를 머리에 얹고 "얼쑤! 얼쑤!" 발로 장단을 맞추며 춤을 추기 시작했다.

그때 마침 그곳을 지나가던 사무라이 신이치가 갑자기 여우의 정체를 밝혀 주었다.

"짐승 주제에 인간을 속이다니 참으로 괘씸한 녀석이로구나. 꽁꽁 묶어서 죽여 줄 테니 그리 알아라!"

"어머, 신짱! 난폭하게 다루면 안 할 거야."

지기 싫어하는 성격의 미쓰코는 밀리지 않으려고 신이치와 맞붙어 싸우며 왈가닥 같은 본성을 드러냈고 고집을 피우며 좀처럼 항복하지 않았다.

"센키치, 이 여우를 묶을 테니 네 허리띠 좀 빌려줘. 그리고 날뛰지 못하도록 둘이서 이 여우 다리를 꽉 누르고 있어."

나는 지난번에 보았던 그림책에서 젊은 하급 무사가 부하와 힘을 합쳐 미인을 약탈하는 삽화를 떠올리며, 센키치와 함께 화려하게 염색한 비단옷을 입은 미쓰코의 두 다리를 꽉 끌어안았다. 그사이에 신이치는 간신히 미쓰코를 뒤에서 꽁꽁 묶었고 마침내 툇마루 난간에 동여맸다.

"에이짱, 이 녀석의 허리끈을 풀어서 재갈을 물려!"

"알았어."

나는 재빨리 미쓰코 뒤로 돌아가 샛노란 비단 허리띠를 풀어낸 후, 갓 묶은 머리가 망가지지 않도록 긴 목덜미에 손을 밀어 넣고서 촉촉하게 머릿기름으로 정돈된 머리끝부터 시작해 귀를 스쳐 지나 아래턱 부근까지 두 번 정도 빙빙 둘러 감았다. 그러고는 있는 힘껏 꽉 잡아당겼더니 비단 끈이

통통한 아래쪽 볼살에 푹 파묻혔고 미쓰코는 마치 금각사(金閣寺)의 유키히메(雪姬)[21]처럼 몸을 뒤틀며 괴로워했다.

"자, 이제부턴 반대로 네 녀석에게 똥 공격을 해 주지."

신이치는 손에 잡히는 대로 떡을 입안에 욱여넣더니 퉤퉤 하고 미쓰코의 얼굴에 마구 뱉어 댔다. 그러자 그토록 아름답던 유키히메의 얼굴도 순식간에 나병 환자나 매독 환자처럼 차마 눈뜨고 볼 수 없는 처참한 모습으로 변해 가는 것이었다. 어느새 우리는 그 재미에 푹 빠져들어 갔다.

"이런 나쁜 자식 같으니라고! 좀 전에 우리에게 더러운 걸 잘도 먹였구나!"

이렇게 외치며 퉤퉤 떡을 내뱉던 우리는 그것도 싫증이 나자, 물어뜯은 떡을 미쓰코의 이마며 뺨에 닥치는 대로 문질러 댔다. 팥고물 묻힌 찰떡을 뭉개거나 찹쌀떡 껍질을 문질러 발라 놓은 그녀의 얼굴은 눈 깜짝할 사이에 엉망진창이 되어 버렸다. 눈 코 입의 형태조차 알아볼 수 없는 새까만 달걀귀신 같은 괴물이 기모노를 차려입고 머리를 묶은 그 요염한 자태라니, 마치 햐쿠모노카타리(百物語)[22]나 도깨비 전투 이야기에 나올 것만 같은 모습이었다. 미쓰코는 더 이상 저항할 의욕도 없는지 무슨 짓을 당해도 얌전하게

21 금각사의 유키히메는 가부키 「기원제례신앙기」 네 번째 장면으로, 금각사에 집을 짓던 마쓰나가 다이젠(松永大膳)이 연모한 여성이다. 그의 사랑을 받아들이지 않은 유키히메는 벚나무에 묶였으나 발끝으로 벚꽃잎을 모아 쥐를 그리자 그 쥐가 살아 움직여서 줄을 끊어 준 덕에 목숨을 건진다.

22 햐쿠모노카타리는 밤에 몇 사람이 모여 교대로 괴담을 주고받는 것을 가리킨다. 백 개의 불을 밝히고 이야기가 하나 끝날 때마다 불을 하나씩 꺼서 마지막 불이 꺼질 때에 이르면 요괴가 나타난다.

죽은 듯이 가만히 있었다.

"이번엔 목숨만은 살려 주지. 앞으로 또 인간을 홀리면 그땐 죽여 버릴 테다!"

이윽고 신이치가 재갈과 포승줄을 풀어 주자 미쓰코는 벌떡 일어나 홀연히 문밖으로 나가더니 복도를 쿵쾅거리며 도망쳐 갔다.

"도련님! 아가씨가 화가 나서 고자질하러 가시나 봐요."

이제 와서 새삼스레 어처구니없는 일을 저질렀다는 말투로 센키치가 걱정스러운 듯 내 얼굴을 쳐다보았다.

"뭐라고 고자질을 해 대든 상관없어. 계집애 주제에 너무 건방져서 매일 싸우고 괴롭히는데 뭘."

신이치가 콧방귀를 뀌며 거만하게 얘기하는 순간 스르륵하고 조용히 미닫이문이 열리더니 깨끗하게 얼굴을 씻은 미쓰코가 들어왔다. 얼굴에 묻은 팥과 함께 분가루까지 말끔하게 씻어 내어 오히려 아까보다 훨씬 맑고 깨끗해져서인지 윤기 흐르는 백옥 같은 피부가 한층 더 투명하게 빛났다.

틀림없이 또다시 싸움이 붙을 거라고 바짝 긴장하고 있는데, 도리어 미쓰코는 부드러운 말투로 원망을 늘어놓았을 뿐 오히려 생글거리며 웃었다.

"다른 사람에게 들키면 창피하니까 살짝 욕실에 가서 씻고 온 거야. 정말이지 모두들 너무 난폭하다니까."

그러자 신이치는 우쭐대며 말했다.

"이번엔 내가 사람 할 테니까 너희 셋은 개가 되는 거야. 내가 과자랑 먹을 걸 던져 줄 테니 모두 네 발로 납작 엎드려서 그걸 먹는 거야. 어때? 재밌겠지?"

"좋지요. 합시다! 자, 전 이제 개가 되었어요. 멍! 멍! 멍!"

센키치는 재빠르게 네 발로 넙죽 엎드리더니 기세 좋게 방 안을 이리저리 뛰어다녔다. 그 뒤를 따라서 나도 이리저리 뛰기 시작하자 미쓰코도 무슨 생각인지 '난 암캐야!'라며 우리들 사이에 뛰어 들어와 기어 다녔다.

"자, 멍멍아! 먹지 말고 기다려!"

신이치는 우리 셋에게 제멋대로 훈련을 시켰다.

"좋아. 먹어!"

그 말이 떨어지기가 무섭게 우리는 앞다투어 과자를 향해 달려들었다.

"아, 좋은 생각이 떠올랐어. 잠깐만 기다려 봐!"

이렇게 말하며 밖으로 나간 신이치는 얼마 안 있어 빨간 비단 조끼를 입힌 진짜 개 두 마리를 데리고 들어와 우리 사이에 집어넣었다. 곧이어 다다미 위에 먹다 만 팥 찰떡, 코딱지와 침을 묻힌 만두를 여기저기 흩뿌려 놓았다. 우리 셋과 개들은 앞다투어 먹이 위로 달려들었고 이빨을 드러내고 혀를 늘어뜨리며 떡 하나를 놓고 물어 채가거나 때로는 서로의 콧등을 핥았다. 과자를 다 먹어 치운 개들은 날름거리며 신이치의 손가락과 발바닥을 핥기 시작했다. 우리도 지지 않겠다는 듯 그 흉내를 내기 시작했다.

"아하하, 간지러. 간지러워."

신이치는 난간에 걸터앉아서 새하얗고 부드러운 발바닥을 번갈아 가며 우리들 코앞에 내밀었다.

'사람 발은 짭쪼름하고 신맛이 나는구나. 아름다운 사

람은 발톱 모양까지도 예쁘게 생겼구나.'

이런 생각을 하면서 나는 그의 다섯 발가락 사이를 열심히 핥았다.

개들은 점점 더 착 달라붙어서 재롱을 부리며 배를 드러내고 누워 네 발을 허공에서 버둥거리거나 옷자락을 입에 물고 세차게 잡아당겼다. 신이치도 자못 재미있다는 듯 발로 얼굴을 쓰다듬거나 배를 문질러 주었다. 나 역시 개 흉내를 내며 옷자락을 잡아당기자 신이치는 개한테 한 것처럼 발바닥으로 뺨을 밟거나 이마를 어루만져 주었다. 하지만 발뒤꿈치로 눈꺼풀 위를 누르거나 발바닥으로 입을 틀어막았을 때는 조금 괴로웠다.

그날도 그렇게 저녁때까지 놀다가 집으로 돌아왔는데, 다음 날부터는 매일같이 신이치 집으로 놀러 가게 되었다. 학교에서도 늘 이제나저제나 수업이 끝나기만을 기다리게 되었고, 신이치와 미쓰코의 얼굴이 한시도 내 머릿속에서 떠나지 않았다. 우리는 차츰 친해져 갔고, 제멋대로인 신이치의 오만 방자함은 점점 더 심해져서 나도 완전히 센키치 같은 부하가 되어 놀이 때는 여지없이 맞거나 묶이는 신세가 되었다. 신기한 사실은 그 고집불통 누나까지 여우놀이 이후에는 완전히 꼬리를 내리고 신이치는 물론이거니와 나와 센키치의 말도 거스르지 않았다는 것이다. 더구나 가끔 우리 셋 옆으로 다가와 "여우놀이 하지 않을래?"라고 말했는데 오히려 그 모습이 괴롭힘당하는 것을 즐기는 것처럼 보였다.

신이치는 일요일마다 아사쿠사와 닌교초에 있는 장난감 가게에서 갑옷과 칼을 사 가지고 와서는 시험 삼아 칼을 휘둘러 보있고 그 덕에 우리 모두 멍이 가실 날이 없었다. 이윽고 역할 놀이할 거리가 점차 떨어져 가자 이리저리 머리를 짜내, 일전의 헛간이나 목욕탕, 뒤뜰을 무대로 한 온갖 난폭한 놀이에 푹 빠져 버렸다. 이를테면 나와 센키치가 미쓰코를 목 졸라 죽이고 돈을 훔치면 신이치가 누나의 원수라며 우리 둘의 목을 베어 죽이거나, 신이치와 내가 악당이 되어 아가씨인 미쓰코와 하인 센키치를 독살하여 그 시체를 강에 던져 버리는 그런 놀이였다. 그중에서도 가장 안 좋은 역할을 맡아서 혹독한 짓을 당하는 사람은 언제나 미쓰코였다. 항상 마지막에는 살해당한 사람이 빨간 염료나 그림물감을 몸에 바르고 피투성이가 되어 몸부림치며 나뒹굴었는데 신이치는 툭하면 진짜 주머니칼을 가지고 와서는 이렇게 말했다.

"이 칼로 조금만 베면 안 될까? 응? 조금만. 아주 살짝 벨 거니까 그렇게 아프진 않을 거야."

신이치의 발밑에 깔린 우리 셋은 순순히 대답했다.

"그럼, 많이 베면 안 돼. 아프니까."

우리는 어깨와 무르팍을 내어 주며 마치 수술이라도 받는 양 꾹 참으면서도 두려움에 떨며 그 모습을 바라보았다. 상처에서 흘러나오는 빨간 피를 보고 있노라면 눈에 눈물이 한가득 고여 왔다. 나는 집으로 돌아와 매일 밤 어머니와 함께 목욕을 할 때마다 그 상처 자국을 들키지 않도록 신경 써야 했는데, 여간 고역이 아니었다.

어느덧 이런 놀이가 한 달간 지속되던 어느 날의 일이었다. 여느 때처럼 신이치네 놀러 갔더니 신이치는 치과에 가서 없었고 센키치만이 혼자 따분하게 우두커니 있었다.

"미쓰코는?"

"지금 피아노 레슨 받아. 우리, 아가씨가 계신 서양관에 가 볼래?"

센키치는 큰 나무 그늘이 있는 그 오래된 늪으로 나를 끌고 갔다. 그곳에 도착하자마자 금세 모든 걸 다 잊어버리고는 오래된 느티나무 밑동에 걸터앉아 넋을 잃고 2층 창문에서 흘러나오는 음악 소리에 귀를 기울였다.

이 집을 처음 찾아왔던 날에도 오래된 늪 근처에서 신이치와 함께 들었던 그 신비로운 울림……. 때로는 숲속 요괴의 웃음소리가 메아리치는 듯, 때로는 동화 속 난쟁이들이 모여서 춤을 추는 듯, 수천 개의 섬세한 상상의 비단실이 어린 내 머릿속에 미묘한 꿈을 아로새겨 준 그 신비로운 울림은 그날과 마찬가지로 2층 창문에서 흘러나오고 있었다.

"센키치! 너도 저기 들어가 본 적 없어?"

연주가 끝나자, 억누를 수 없는 호기심에 가득 차서 센키치에게 물었다.

"응, 아가씨하고 청소하는 토라상 말고는 아무도 들어갈 수 없어. 나뿐만 아니라 도련님도 잘 모를걸."

"안은 어떻게 생겼을까?"

"잘은 모르겠지만 도련님 아버님이 외국에서 사 갖고 온 진기한 물건이 많대. 언젠가 토라상한테 몰래 보여 달라고 했더니 안 된다며 아무리 부탁해도 안 들어주더라고. 아, 이제 끝났나 보다. 에이짱, 아가씨 불러 보자."

"미쓰코, 노올자!"

"아가씨. 같이 놀지 않으실래요?"

우리는 함께 큰 소리로 2층을 향해 외쳤지만 쥐 죽은 듯 아무 대답이 없었다. 지금까지 들렸던 그 음악 소리는 아무도 없는 방에서 피아노가 저절로 움직여서 미묘한 울림을 냈을 거라는 의심마저 들었다.

"하는 수 없군. 우리 둘이 놀자."

단둘이서 놀기에는 여느 때처럼 흥이 나지 않았기에 우리는 맥이 빠져 일어나는데 갑자기 뒤에서 깔깔대며 웃는 소리가 들렸다. 어느새 그곳에 미쓰코가 서 있었다.

"지금 막 우리가 불렀는데 왜 대답 안 했어?"

나는 뒤돌아보며 따지듯 쳐다보며 물었다.

"어디서 날 불렀는데?"

"좀 전에 서양관에서 피아노 연습할 때 밑에서 불렀는데, 못 들었어?"

"나 서양관에 없었는데? 거긴 아무도 못 들어가."

"그럼, 방금 피아노 친 거 너 아니었어?"

"몰라. 다른 사람이겠지."

센키치는 시종일관 수상쩍다는 표정으로 우리의 대화를 듣고 있었다.

"아가씨, 거짓말해도 다 알아요. 우리 좀 몰래 거기 데려다주세요. 또 억지 부리며 거짓말하시는 거죠! 자백하지 않으면 이렇게 할 거예요."

센키치는 히죽히죽 기분 나쁜 미소를 지으며 재빨리 미쓰코의 손목을 잡아채더니 서서히 비틀기 시작했다.

"어머, 센키치. 제발 용서해 줘! 거짓말 아니라니까!"

미쓰코는 머리를 숙이며 빌었지만 더 크게 소리를 지르

거나 도망치지 않고 센키치가 하는 대로 손이 비틀린 채 몸부림쳤다. 억세고 강철 같은 센키치의 손가락에 꽉 잡혀 있는 가냘픈 손목, 희다 못해 푸르른 그녀의 피부와 센키치의 혈색이 빚어내는 그 상쾌한 대조가 내 마음을 유혹하는 것 같았다.

"미쓰코! 자백하지 않으면 고문할 거야."

나도 다른 쪽 팔을 낚아채 비틀며 허리띠를 풀어 늪에 있는 떡갈나무 줄기에 동여맸다.

"자, 이래도 자백 안 할 거야!"

두 사람은 계속해서 꼬집고 간지럼을 태우며 미쓰코를 괴롭히는 데 열중했다.

"아가씨! 이제 도련님 돌아오시면 더 호되게 당할 거예요. 늦기 전에 빨리 자백하고 끝내시죠."

센키치가 미쓰코의 멱살을 양손으로 잡고 목을 꽉 조르며 말했다.

"거봐요. 점점 더 괴로워질 거예요."

괴로워서 눈을 희번덕거리는 그녀의 모습을 보며 웃다가 센키치가 이윽고 나무에서 그녀를 풀어내더니 아무렇게나 땅바닥에 쓰러뜨렸다.

"와, 이거 완전히 인간 평상이네요!"

위를 향해 쓰러져 있는 미쓰코의 얼굴 위에는 센키치가, 무릎 위에는 내가 털썩 주저앉아 몸을 이리저리 뒤흔들며 엉덩이로 그녀의 몸을 뭉개고 짓눌렀다.

"센키치, 이제 자백할 테니 제발 그만해. 응?"

센키치의 엉덩이에 입이 꽉 막힌 미쓰코는 다 죽어 가는 가녀린 목소리로 애처롭게 빌었다.

"그럼 똑바로 자백하는 거죠? 아까 분명히 서양관에 있었죠?"

센키치가 엉덩이를 들면서 일어나 미쓰코의 손을 약간 느슨하게 풀며 심문했다.

"응, 네가 또 데려다 달랄까 봐 거짓말했어. 근데 거기에 너희들 데리고 가면 어머니한테 혼난단 말이야."

센키치는 그 말을 듣고 눈을 부라리며 위협하듯 말했다.

"역시 그랬군요! 우릴 안 데려가면 또 괴롭힐 거예요."

"아파! 아파! 알았어! 그럼 데리고 갈게. 데리고 가 줄 테니까 제발 이제 그만해. 그 대신 낮에는 들키니까 밤에 가자. 응? 그러면 내가 몰래 토라상 방에 가서 열쇠를 갖고 와서 열어 줄게. 에이짱도 가고 싶으면 밤에 놀러 와."

결국 미쓰코는 항복했지만 우리 둘은 여전히 그녀를 땅바닥에 꽉 짓눌러 놓은 채 이리저리 궁리하며 그날 밤의 계획을 짰다. 마침 그날이 4월 5일이었기에 나는 스이텐구 잿날[23]에 구경을 간다며 거짓말을 하고 집을 나와 어둑해질 무렵 정문을 통해 서양관 현관으로 숨어 들어가기로 했다. 그곳에서 열쇠를 훔친 미쓰코와 센키치가 함께 나오기를 기다리기로 했는데, 만약 내가 제시간에 못 가면 두 사람이 먼저 들어가 2층 계단 위 오른쪽 두 번째 방에서 기다리겠다고 약속했다.

그제야 센키치는 미쓰코를 풀어 주며 말했다.

23 스이텐구는 도쿄 니혼바시에 있는 유명한 신사로서 축제일은 매월 5일, 기도에 효험이 있다는 잿날(縁日)은 매월 1일, 5일, 15일, 28일로 많은 참배객이 찾아온다.

"좋았어요. 그렇다면 용서해 드릴게요. 자, 일어나세요."

"아아, 너무 힘들었어. 센키치가 허리를 깔고 앉았을 때는 아예 숨도 못 쉬었어. 머리 밑에 큰 돌이 있어서 얼마나 아팠는데."

먼지를 털어 내며 일어난 미쓰코는 몸의 이곳저곳을 주물렀는데 그녀의 뺨과 눈은 피가 몰린 것처럼 새빨갛게 물들어 있었다.

"근데 도대체 2층에 뭐가 있는데?"

일단 집으로 돌아가기로 하고, 돌아가는 길에 불쑥 질문을 던졌다.

"에이짱, 너무 깜짝 놀라면 안 돼. 왜냐면 재미있는 게 엄청 많거든."

미쓰코는 웃으면서 집 안으로 뛰어 들어가며 대답했다.

문밖으로 나오자 닌교초 거리에는 벌써 노점상 불빛이 하나둘 켜졌고, 노을 진 하늘에는 "부우" 하고 검술 공연을 알리는 고동 소리가 울려 퍼졌다. 대신(大臣) 아리마 님의 저택 앞은 인산인해를 이루었고 약장수가 태반이 드러난 여자 인형을 들고 계속해서 큰 소리로 떠들어 대었다. 언제나 가슴 두근거리며 구경했던 75좌(座)의 가구라(神楽)[24]도, 나가이 효스케(永井兵助)가 보여 주는 검을 빨리 뽑는 재주[25]도 오늘은 전혀 눈에 들어오지 않았다. 서둘러 집으로 돌

24 좌는 무악에서 곡의 수를 세는 단위로서, 궁중 무악인 가구라는 25좌로 이루어지지만 스이텐구에서는 매년 5월 5일에 75좌의 가구라를 연행한다.

25 굽 높은 나막신을 신고 자신의 몸보다 긴 칼을 뽑는 재주를 보여 주는 거리 공연으로서, 나가이 효스케는 검 빨리 뽑기의 명수인 노점 상인이다.

아와 목욕을 하고 서녁밥도 먹는 둥 마는 둥, 스이텐구에 구경을 간다며 다시 뛰쳐나온 시간은 거의 7시쯤이었다. 물기를 머금은 듯 촉촉한 푸른 밤공기에 잿날 등불 빛이 녹아들었고, 긴세이(金清) 유곽 2층 방에는 가무를 즐기는 사람들 그림자가 마치 손에 잡힐 듯 또렷하게 비쳤다. 그 시간은 가키가라초의 젊은이들과 2번가 야바(矢場)[26]의 여인네들, 수많은 남녀가 끊임없이 오가며 가장 많은 사람이 쏟아져 나올 때였다. 나카노다리를 건너 어둡고 한적한 하마초 거리에서 뒤를 돌아보았더니 엷게 구름 낀 어두운 하늘이 아련히 붉게 물들어 있었다.

어느새 나는 신이치네 집 앞에 서서 마치 산처럼 어둡고 우뚝 솟은 높다란 기와지붕을 올려다보고 있었다. 오바시(大橋) 쪽에서 스산한 바람이 소리 없이 어둠을 싣고 불어왔고 하늘 아래 어디에선가는 바스락바스락 커다란 느티나무 잎이 울고 있었다. 담장 안쪽을 살짝 들여다보았더니 문지기 방의 문틈 사이로 길고 가는 불빛이 세로로 선을 이루며 새어 나오고 있을 뿐, 안채는 덧문마저 꽉 닫힌 채 구름 낀 흐린 하늘을 배경으로 마치 마물처럼 쥐 죽은 듯 고요히 잠들어 있었다. 정문 옆 쪽문, 그 차가운 철제 격자에 양손을 대고 어둠 속으로 살짝 밀어 보자 끼익하며 묵직한 문이 저항 없이 움직였다. 발소리가 나지 않게 조심하면서 귀로는 내 가쁜 숨소리와 고조된 심장 박동 소리를 들으며 어둠 속에서 빛나는 서양관 유리문을 향해 걸어갔다.

26 야바는 놀이용 작은 활을 쏘는 유희장이지만 매춘이 이루어지기도 했다.

점차 시야에 주변의 형체가 들어오기 시작했다. 팔손이 나뭇잎, 느티나무 가지, 석등 같은 여러 검은 물체가 마치 소년의 마음을 두렵게 하려고 작정한 듯 작은 눈동자 속으로 마구 쏟아져 들어왔다. 차가운 밤공기가 오싹오싹 스미는 가운데 화강암 돌계단에 앉아 고개를 숙인 채 숨죽이며 기다렸지만 두 사람은 좀처럼 오지 않았다. 머릿속으로 엄습해 오는 공포로 온몸은 부들부들 떨렸고 이가 덜덜 떨려 왔다. '아아, 이렇게 무서운 데는 안 왔어야 했는데…….' 라는 생각에 두 손 모아 정신없이 중얼거리며 기도했다.

"신이시여, 제가 잘못했습니다. 앞으론 절대로 엄마한테 거짓말하거나 몰래 남의 집에 들어가지 않겠습니다."

모든 게 후회가 되어 돌아가려고 일어서는데 갑자기 현관 유리 미닫이문 너머로 한 점의 작은 촛불 같은 불빛이 반짝였다.

'어? 둘 다 먼저 들어갔나?'

갑자기 호기심에 사로잡혀 앞뒤 가리지 않고 손잡이를 잡아 홱 하고 돌리자 그대로 문이 열렸다.

안으로 들어가자 추측한 대로 정면에 있는 나선형 계단 맨 위에 — 분명 나를 위해 미쓰코가 놓고 간 것으로 보이는 양초가 반쯤 타들어 가고 있었다. 촛농이 잔뜩 흘러내린 촛대 불빛은 희미하게 사방 일 미터를 비추었고, 밖에서 나를 따라 흘러 들어온 공기에 불꽃이 흔들리자 니스 칠을 한 난간 그림자도 함께 부르르 떨고 있었다.

마른침을 삼키며 도둑처럼 살금살금 나선형 계단을 다 올라갔지만 2층 복도는 더 어두워서 인기척은커녕 달그락거리는 소리조차 나지 않았다. 약속한 오른쪽 두 번째 문 — 더듬거리며 다가가 가만히 귀를 기울여 보았지만 역시나 쥐 죽은 듯 고요했다. 반은 공포심에 반은 호기심에 가득 차서 될 대로 되라는 심정으로 상반신에 힘을 실어 힘껏 문을 밀어 보았다.

갑자기 확 하고 밝은 빛이 눈을 찔러 일순간 어지러웠지만 눈을 깜빡거리며 요괴의 정체를 확인하려고 주의 깊게 사방을 둘러보았는데 아무도 없었다. 중앙에 매달린 커다란 전등에서 분산되는 오색 빛이 검붉은 보라색 등잔 갓을 통과하여 방 윗부분을 어스레 비추고 있었다. 금과 은이 새겨진 의자, 탁자, 거울 같은 온갖 장식품이 휘황찬란하게 빛났고 바닥 전체에 깔린 검붉은 융단의 부드러움이 마치 봄날 초원을 밟는 것처럼 버선을 신은 발바닥에도 기분 좋게 전해져 왔다.

"미쓰코!"

소리 내어 불러 보려 했지만 쥐 죽은 듯 조용한 주변의 적막함에 압도되어서인지 혀가 굳어 그럴 용기조차 나지 않았다. 처음에는 눈치채지 못했는데 방 왼쪽 구석에 옆방으로 통하는 문이 있었고 두터운 비단 커튼이 마치 나이아가라 폭포처럼 굽이굽이 주름 잡힌 채 바닥까지 축 늘어져 있었다. 커튼을 젖히고 옆방을 살펴보려 했지만 커튼 뒤가 너무 깜깜해서 저절로 손이 움츠러들었다. 바로 그 순간 갑자기 벽난로 위에 놓인 탁상시계가 지잉 하고 매미처럼 우는가 싶더니 금세 띵똥땡 하며 금속성 소리로 기묘한 음악을 연주하기 시작했다. 이것을 신호 삼아 미쓰코가 나타나지 않을까 하는 마음에 커튼 쪽을 유심히 지켜보았다. 하지만 이삼 분 정도 지나자 음악도 멈춰 버렸고 방 안은 또 다시 원래의 적막함에 휩싸인 채 비단 커튼의 주름만이 전혀 흔들림 없이 쓸쓸하고 고요하게 드리워져 있었다.

멍하니 서 있던 내 시선은 왼쪽 벽면에 걸린 유화 초상화로 향했고 무심코 그 액자 앞으로 다가가 전등 그림자가 드리워져 어슴푸레하게 보이는 서양 소녀의 상반신을 올려다보았다. 두터운 금테두리를 두른 직사각형 그림 속에는 둔탁하고 어두운 다갈색 공기가 감돌았고, 온통 드러난 어깨와 팔에는 금과 진주를 휘감고 머리를 길게 늘어뜨린 한 소녀가 회남색 천으로 가슴만을 겨우 가린 채 마치 꿈꾸듯 커다란 눈동자를 동그랗게 뜨고 앞을 바라보고 있었다. 어둠 속에서도 또렷하고 선명하게 드러난 순백색 피부, 품위 있는 콧날부터 입술, 아래턱, 양 볼에 이르기까지 매혹적이면서 성스러움이 어우러진 단아한 윤곽 — 이 모습이야말로 동화 속에 나오는 천사일 거라는 생각에 한동안 넋을 잃고 바라보았다. 그러다가 문득 액자에서 석 자 정도 아래, 벽에 붙은 둥근 탁자 위에 놓인 뱀 장식물에 시선이 꽂혔다. 도대체 무엇으로 만들었는지, 두 바퀴 정도 똬리를 틀고 고사리처럼 머리를 치켜든 모습으로 보나 미끈거리는 구렁이 비늘 색으로 보나 너무나도 진짜 뱀처럼 보이는 장식물이었다. 보면 볼수록 감탄이 절로 나올 만큼 당장이라도 움직일 것 같은 느낌이 들어 "엇?" 하며 두세 걸음 뒤로 물러나 눈을 부릅떴다. 기분 탓인지 아무래도 뱀이 정말로 움직이는 것 같았다. 원래 파충류는 매우 느려서 주의해서 봐야 알아챌 정도로 천천히 움직이는데, 그 뱀은 분명 머리를 전후좌

우로 꿈틀거리고 있었다. 온몸에 찬물을 끼얹은 것처럼 오싹해져서 새파랗게 질린 얼굴로 죽은 듯이 그 자리에 꼼짝 않고 서 있었다. 그러자 커튼 주름 사이로 그림 속 모습 그대로의 소녀 얼굴이 또 하나 불쑥 튀어나왔다.

그 얼굴은 잠시 동안 생글생글 웃고 있었는데 둘로 갈라진 커튼이 소녀의 어깨 위로 주르륵 미끄러지며 그녀의 등 뒤에서 하나가 된 순간, 전신이 드러났다.

겨우 무릎까지 오는 짧은 회남색 치마를 입은 소녀는 양말도 신지 않고 석고 같은 맨발에 살색 슬리퍼를 신고 있었다. 풍성하게 흘러넘치는 검은 머리를 양어깨에 늘어뜨린 채 그림과 마찬가지로 팔찌와 목걸이를 걸치고 있었는데, 가슴부터 허리까지 몸을 꽉 죄는 옷 속으로는 부드러운 근육의 미묘한 움직임이 느껴졌다.

"에이짱!"

모란 꽃잎을 머금은 것 같은 빨간 입술이 움직인 그 순간, 처음으로 그 초상화의 주인공이 미쓰코였다는 사실을 깨달았다.

"…… 아까부터 너 오길 기다리고 있었어."

그녀는 마치 위협하듯 한 발 한 발 내게로 다가왔다. 뭐라 형용할 수 없는 달콤한 향기가 내 마음을 간지럽혔고 눈앞에 붉은 안개가 아른거렸다.

"아, 밋짱! 너 혼자야?"

도움을 요청하는 목소리로 머뭇거리며 물었다. 왜 하필이면 이 밤에 드레스를 입었는지, 캄캄한 옆방에는 무엇이 있는지, 아직 묻고 싶은 말이 많았지만 목이 메어서 쉽게 입 밖으로 나오지 않았다.

"센키치 만나게 해 줄 테니까 나랑 같이 저쪽으로 가자."

미쓰코에게 손목을 잡히자 갑자기 몸이 덜덜 떨려 왔다.

"저 뱀 정말로 움직이는 거 아니지?"

나는 걱정스러운 마음에 참지 못하고 물었다.

"움직일 리가 있겠어? 자, 봐 봐!"

싱긋 웃으며 대답하는 미쓰코의 말을 듣고 보니 아까는 분명 움직였던 뱀이 지금은 가만히 똬리를 튼 채 자세를 전혀 흐트러뜨리지 않았다.

"그런 거 보지 말고 나랑 같이 저리로 가자."

따뜻하고 부드러운 그녀의 손바닥은 도저히 뿌리칠 수 없는 마력을 지니기나 한 듯 가볍게 나의 팔을 붙잡았고, 으스스한 그 방으로 질질 끌고 갔다. 순간 우리 둘이 무거운 커튼 속으로 빨려 들어가나 싶더니 금세 어두운 방 안으로 이동했다.

"에이짱! 센키치 만나게 해 줄까?"

"그래, 어디 있는데?"

"이제 촛불을 켜면 알 수 있을 거야. 잠깐만 기다려. 그 전에 재미있는 거 보여 줄까?"

미쓰코는 내 손목을 놓더니 어딘가로 사라졌고, 이윽고 어두운 방 정면에서 피식피식하는 무서운 소리가 나더니 가늘고 무수한 푸르스름한 광선이 어지러이 날아다니기 시작했다. 광선은 유성처럼 쏟아지는가 싶더니 파도처럼 일렁거리며 원을 그리거나 열십자 모양을 그렸다.

"재미있지? 뭐든지 다 그릴 수 있어."

미쓰코가 다시 내 옆으로 다가오는 것 같았고, 조금 전의 광선은 점점 옅어지며 어둠 속으로 사라지고 있었다.

"그건 뭐야?"

"외국에서 사 온 성냥인데 그걸로 벽을 문지르는 거야. 어두운 곳이면 어디를 문질러도 불이 나와. 어디 에이짱 옷에 문질러 볼까?"

"하지 마! 위험해!"

나는 깜짝 놀라 도망치려 했다.

"괜찮아. 자, 봐."

미쓰코가 마음대로 내 윗옷을 잡아당겨 성냥으로 문지르자 비단 위에 반딧불이 기어 다니는 것처럼 푸른빛이 반짝거렸고, '하기와라'라고 내 성을 쓴 글자가 선명히 드러난 채 한동안 사라지지 않았다.

"이제 불을 켜고 센키치 만나게 해 줄게."

"딱" 하고 부싯돌을 켜는 것처럼 불꽃이 튀어 오르더니 미쓰코의 손에서 성냥이 타오르면서 곧이어 방 중앙의 촛대로 불이 옮겨졌다.

서양식 촛불은 희미하게 방 안을 비추었고 여러 가지 기물과 장식물의 검은 그림자가 사방팔방으로 크고도 기다랗게, 마치 온갖 도깨비가 날뛰는 모습으로 내비쳤다.

"여길 봐, 센키치 여기 있어."

미쓰코가 양초 아래를 가리키며 말했다. 촛대라고 생각했던 것은 바로 센키치였는데, 윗옷을 벗고 손발이 묶인 채 앉아 있는 그의 고개는 뒤로 젖혀 있었고 이마에는 양초가 얹혀 있었다. 새똥처럼 녹아내린 촛농은 얼굴, 머리 할 것 없이 온통 흘러내렸고 양쪽 눈을 다 덮고 입마저 틀어막으며 턱 끝에서 무릎 위로 뚝뚝 떨어져 내렸다. 반 이상 타 버린 양촛불에 이제라도 속눈썹이 타들어 갈 것 같았지만 센키치는 바라문의 수행자처럼 가부좌를 틀고 앉아 주먹을 뒤로 묶인 채 얌전하고 단정하게 두 사람을 기다리고 있었다.

우리 두 사람이 그 앞에 멈춰 서자 센키치는 무슨 생각인지 촛농으로 굳어진 얼굴 근육을 씰룩거리며 움직이더니 간신히 눈을 반쯤 뜨고 원망스러운 듯 가만히 나를 노려보았다. 이윽고 애달프고 침통한 목소리로 엄숙하게 말하기 시작했다.

"에이짱, 평소에 우리가 아가씨를 너무 심하게 괴롭혀서 오늘 밤 복수를 당하는 거야. 난 이미 아가씨한테 완전히 항복했어. 너도 빨리 사과하지 않으면 호되게 당할걸……."

이렇게 말하는 사이에도 촛농은 마치 지렁이가 기어가듯 센키치의 이마에서 속눈썹으로 거침없이 줄줄 흘러내렸고 그는 또다시 눈을 감은 채 굳어 버렸다.

"에이짱, 이제부터는 신이치 말 듣지 말고 내 부하가 되지 않을래? 싫다고 하면 저기 있는 인형처럼 네 몸을 온갖 뱀들로 휘감을 거야."

미쓰코는 연신 기분 나쁜 미소를 지으며 금박 글씨가 새겨진 외국 서적으로 가득 찬 책장 위 석고상을 가리켰다. 나는 쭈뼛거리며 고개를 들고 눈을 치켜뜬 채 어두컴컴한 구석을 바라보았다. 이무기에 휘감긴 무시무시한 형상을 한 기골이 장대한 나체 거인 조각 옆에는 조금 전의 구렁이 두세 마리가 얌전하게 똬리를 틀고 향로처럼 대기하고 있었다. 두려움이 앞선 나머지 그 뱀이 진짜인지 가짜인지도 분간할 수가 없었다.

"뭐든지 내가 시키는 대로 할 거지?"

"……."

새파랗게 질린 얼굴로 나는 그저 말없이 고개만 끄덕였다.

"지난번 너랑 센키치가 나를 평상으로 만들었으니까 이번엔 니가 촛대가 되렴."

갑자기 미쓰코가 내 손을 뒤로 묶더니 센키치 옆에 가부좌를 틀게 한 뒤 양쪽 복사뼈를 단단히 묶었다.

"촛농이 안 떨어지게 고개 젖히고 있어!"

이마 한가운데에 불을 켜며 미쓰코가 말했다. 아무 소리도 내지 못하고 열심히 촛불을 떠받치며 서글픈 눈물만 뚝뚝 흘리고 있는 사이에 뜨거운 촛농이 눈물보다도 더 빠르게 미간을 타고 줄줄 흘러내려서 내 눈과 입을 모두 막아 버렸다. 하지만 얇은 눈꺼풀을 통해 어렴풋이 깜빡이는 불빛이 보였고 눈 주위가 희미하게 붉은빛으로 물들더니 미쓰코의 진한 향수 냄새가 빗방울처럼 내 얼굴 위로 쏟아져 내렸다.

"두 사람 모두 그렇게 조금만 더 가만히 참고 있어. 지금 재미있는 걸 들려줄게."

이렇게 말하고 미쓰코는 어디론가 사라져 버렸다. 잠시 후 방 안의 적막을 깨고 쥐 죽은 듯 고요했던 옆방에서 갑자기 피아노 소리가 흘러나왔다.

싸라기눈이 은반 위를 내달리는 것처럼, 골짜기에 맑은 물이 졸졸 흘러 이끼 위에 방울져 떨어지는 것처럼, 이 세상의 소리가 아닌 듯 신비로운 음률이 내 귓가에 울려 퍼졌다.

이마 위의 양초가 많이 타들어 갔는지 뜨거운 땀이 촛농에 섞여 주르륵 흘러내렸다. 살짝 곁눈질해서 옆에 있는 센키치를 보았더니 얼굴에 온통 밀가루 같은 하얀 덩어리가 두툼하게 달라붙어 두둑해진 모습이 마치 우엉 튀김 같아 보였다. 우리 둘은 동화 『춤추는 바이올린』의 등장인물처럼 신비로운 음악 소리에 넋을 잃고 귀를 기울인 채 언제까지나 하염없이 눈꺼풀 속 밝은 세계를 응시하며 앉아 있을 뿐이었다.

그다음 날부터 센키치와 나는 미쓰코 앞에서는 순한 양이 되어 납작 엎드렸고, 가끔 신이치가 그녀의 말을 거역하려 하면 그 즉시 잡아서 눌러놓고 다짜고짜 꽁꽁 묶어 버리거나 때려 주었다. 날이 갈수록 그토록 오만했던 신이치도 완벽하게 누나의 부하가 되었고, 집에서도 학교에 있을 때와 마찬가지로 완전히 비굴한 겁쟁이로 바뀌었다. 우리 셋은 새롭고 진기한 놀이 방법이라도 발견한 것처럼 희희낙락하며 미쓰코의 명령에 복종했고, "의자가 되어라."라고 하면 그 즉시 네 발로 엎드려 등을 갖다 대었고 "재떨이가 되어라."라고 하면 그 명령대로 바로 입을 벌렸다. 점점 거만해진 그녀는 우리를 노예처럼 마구 부렸는데, 목욕을 마치고 나오면 손톱을 깎게 하거나 콧속 청소를 시켰고 소변을 마시게도 하면서 끊임없이 자신의 옆에 두고 부리면서 오랫동안 우리들 세계의 여왕으로 군림했다.

그 이후로 서양관에는 단 한 번도 가지 않았다. 과연 그 구렁이가 진짜였는지 가짜였는지, 지금 생각해 봐도 알 수가 없다.

작은 왕국

가이지마 쇼키치(貝島昌吉)가 G현(縣) M시(市)의 소학교로 전근 갔던 시기는 지금으로부터 2년 전, 그가 정확히 서른여섯 살일 때였다. 그는 완전한 서울 토박이였고 태어난 곳은 상업 지구인 아사쿠사 쇼덴초(聖天町)였지만, 에도 시대[27] 한학자였던 아버지의 유전자 영향인지 어릴 때부터 학문에 뜻을 품었다. 하지만 세월이 흐르고 결국 그 때문에 인생을 망쳐 버렸다는 생각에 진즉 마음을 접었다. 실상을 따져 보더라도, 그가 아무리 세상살이에 서투른 남자였던들 공부로 출세해 보겠다는 포부만 없었다면 적당히 어느 상점에 수습 점원으로 들어가 부지런히 일을 배웠을 것이고, 지금은 어엿한 상인이 되었을지 모를 일이었다. 적어도 자신의 집안을 이끌며 안락하게 살아갈 정도는 되었을

27 에도 시대는 에도(지금의 도쿄)에 막부가 설치되었던 1603년부터 메이지 유신이 일어난 1868년까지를 말한다.

터였다. 하지만 중학교에 진급할 수도 없을 정도로 가난한 집에서 학자가 되려고 했던 것이 그 무엇보다 크나큰 실수였다. 고등소학교[28]를 졸업했을 당시에 가이지마의 아버지는 그가 고용살이를 할 수 있는 곳을 알아보았고 사환이 되어라 말했지만, 그는 끝까지 거부하며 오차노미즈(お茶の水)에 있는 보통사범학교에 진학했다. 그리고 스무 살이 되던 해에 졸업을 하자마자 아사쿠사 C소학교의 선생님이 되었다. 당시의 월급은 정확히 18엔이었다. 그때만 해도 언제까지나 소학교 선생으로 만족하며 살겠다는 생각은 추호도 없었다. 스스로 살아갈 수 있는 길을 마련함과 동시에 독학으로 공부를 해 보겠다는 거창한 의도였다. 평소 너무나도 좋아하던 역사학, 그중에서도 일본과 중국의 동양사를 연구해서 결국에는 문학 박사가 되겠다는 포부를 안고 있었다. 하지만 그가 스물넷일 때 아버지가 돌아가셨고 그 후 얼마 안 있어 결혼을 하게 되자 그의 포부와 패기는 점차 쪼그라들어 버리고 말았다. 무엇보다 아내가 사랑스러워서 견딜 수가 없었다. 이제까지 공부에만 열중했던 탓에 마치 신세계처럼 느껴지는 그 행복이 너무나 절절했고 시간이 흐르면서 자신도 모르게 여느 평범한 사람처럼 소소한 성취에 안주하게 되었다. 그사이에 아이가 태어나고 월급도 조금씩 오르면서 자연스럽게 자신도 모르는 사이에 학문으로 출세해 보겠다는 야망을 완전히 잃어버렸던 것이다.

28 학교 기본법이 시행되기 이전의 소학교는 보통소학교와 고등소학교로 나뉘었으며, 총 8년의 학업 기간을 갖는다. 전쟁 중에는 국민학교라 불리기도 했다.

첫째 딸이 태어난 시기는 그가 C소학교에서 시타야(下谷) 구 H소학교로 전근 갔을 때였고 당시의 월급은 20엔이었다. 이윽고 니혼바시(日本橋) 구 S소학교, 아카사카(赤坂) 구 T소학교, 시내 여러 학교를 돌아다니며 교편을 잡은 15년간 그의 지위도 점점 더 높아지더니, 마침내 월급 45엔의 정식 교사가 되기에 이르렀다. 하지만 그가 벌어들이는 수입보다도 집안 생활비가 훨씬 급속도로 늘어난 탓에 빈궁함은 날이 갈수록 정도가 더욱 심해져 가기만 했다. 첫째 딸이 태어난 다다음 해 장남이 태어났고, 차례로 모두 여섯의 아들과 딸이 태어났다. 그리고 교사가 된 지 17년째 되던 그해, 온 식구를 끌고 G현으로 전근했을 당시 아내의 배 속에 일곱 번째 아이가 있었다.

도쿄에서 태어나 반생을 그곳에서 지내 왔던 그가 갑자기 G현으로 이사한 것은 대도시의 생활비 압박을 견뎌 낼 수 없었기 때문이었다. 그가 도쿄에서 마지막으로 근무했던 곳은 고지마치(麹町) 구 F소학교였다. 그곳은 왕궁 서쪽에 위치한, 귀족의 저택이나 고관대작의 주택이 많은 야마노테(山の手) 지역이었기에 그가 가르쳤던 학생들 대부분은 중상류 이상의 기품 있는 아이들이었다. 그런 아이들 틈바구니에 끼어 소학교에 다녔던 아들과 딸의 볼품없고 가련한 모습을 지켜봐야 하는 현실이 무척 괴로웠다. 부모 두 사람은 볼품없고 초라하더라도 최소한 자식들만은 말쑥하게 차려입히고 싶었다.

"어느 어느 여자애가 입은 원피스 사 줘.", "저 리본 예쁘다.", "난 저 신발 좋아.", "여름에는 놀러 가고 싶은데."

이렇게 아이들이 졸라 대는 통에 한층 더 자식들이 가련해졌고 부모로서도 한심하다는 생각이 절절히 가슴에 사무쳤다. 더군다나 가이지마는 아버지를 먼저 여의고 홀로 남은 늙은 어머니마저 부양해야 했다. 성실하고 소심하며 정에 약한 그는 모든 상황을 늘 고민하며 가족들에게 미안한 감정만을 품을 뿐이었다. 그래서 가족들에게 조금이나마 안락함을 주고 싶다는 마음에 차라리 생활비가 많이 드는 도쿄를 벗어나 시골 마을에서 편안하게 살아 보겠다고 결심한 것이었다. G현 M시를 선택한 이유는 그곳이 아내의 고향 마을인 관계로 다행히도 전근 가는 학교에서 편의를 봐줄 사람이 있었기 때문이었다.

M시는 도쿄에서 북쪽으로 약 30리 떨어져 있는, 명주실의 생산지로 널리 알려진 곳이었고 인구 4~5만 명 정도의 작은 도회지였다. 넓디넓은 관동 평야가 중앙의 산맥 자락에 부딪혀 점차 좁아지고 줄어드는 지점 인근의 평원 한 끝에 위치한 도시였는데, 시가지를 둘러싼 교외 사방팔방으로는 눈길 닿는 곳 끝까지 광활한 뽕나무밭이 펼쳐져 있었다. 하늘이 맑고 쾌청한 날에는 도시의 그 어느 곳에서나 줄줄이 늘어선 기와지붕 저 멀리 I온천으로 유명한 H산, 웅대하고 장엄한 모양새로 그 위용을 떨치는 A산이 우뚝 솟아 있는 광경이 눈에 들어왔다. 도시 한가운데에는 T강의 물을 끌어다 놓은 물길이 푸르고도 시원하게 흘렀고, I온천으로 향하는 전철이 지나가는 큰길의 경치는 시골치고는 밝고 활기차서 왠지 모를 정취가 흘러넘쳤다. 가이지마가 패잔병 같은 가족을 이끌고 처음 이곳으로 옮겨 온 것은 어느

해 5월 초순, 도시를 둘러싼 자연의 풍광이 일 년 중에 가장 아름답고 제일 휘황찬란하게 빛나는 어느 초여름 날이었다. 오랜 세월 동안 간다(神田) 사루가쿠초(猿楽町)의 초라한 뒷골목 연립 주택에 익숙했던 가족들은 어두컴컴하고 숨 막히는 길숙한 동굴에서 갑자기 확 트인 푸른 하늘 아래로 나온 것처럼 기쁨의 탄성을 내뱉었다. 아이들은 매일같이 옛 성터였던 공원의 잔디밭 위, T강의 방죽 길을 따라 울창하게 피어 있는 벚꽃 그늘 아래, 활짝 핀 등나무꽃이 탐스럽게 늘어져 있는 A정원의 연못 물가로 놀러 나가 희희낙락 시간을 보냈다. 가이지마도 그의 아내도 올해 예순을 넘은 노모도 갑자기 억압에서 풀려난 것처럼 홀가분함을 느꼈고, 일 년에 한 번 돌아가신 아버님의 묘소에 갈 때를 제외하고는 도쿄라는 대도시를 아련해하거나 그리워하지 않았다.

그가 전근을 간 D소학교는 M시의 북쪽 끝에 있었는데 운동장 뒤편으로는 어김없이 뽕나무밭이 넘실대고 있었다. 그는 매일 교실 창문 너머로 청명한 전원의 경치를 바라보았고 저 멀리 자줏빛으로 아련하게 안개 낀 A산의 산자락에 시선을 빼앗겨 가며 느긋한 마음으로 학생을 가르쳤다. 부임한 첫해에 담당한 반은 남학생 3학년 학급이었고 그들이 4학년이 되고 다시 5학년으로 진급할 때까지 햇수로 3년간 같은 학급을 맡았다. 이전의 F소학교에서나 보았던 말쑥한 차림의 품위 있는 아이는 없었지만, 현청이 자리 잡은 도회지인 만큼 시골 벽촌과는 달리 상당한 부잣집 아이도 있는가 하면 두뇌가 명석한 아이도 있었다. 개중에는 도쿄의 아이들과는 비교도 되지 않을 만큼 약삭빠른, 도저히 감당이 안 되는 개구쟁이도 섞여 있었다.

그 지역의 사업가로서 G은행의 중역인 스즈키 아무개의 아들, S수력 전기 주식회사 사장인 나카무라 아무개의 아들, 이 두 아이가 가장 빼어난 수재였고, 그가 담임을 맡았던 3년 동안 일등은 언제나 둘 중 하나가 차지했다. 약삭빠르기로는 K마을 약방집 아들 니시무라가 단연 최고였다. 그리고 T마을에 사는 의사의 아들 아리타라는 아이는 겁쟁이에 응석받이였고, 부모가 애지중지해서인지 입고 있는 옷도 아이들 중에서는 가장 사치스러워 보였다. 그렇지만 태생적으로 아이를 좋아하고 20년 가까이 학생을 가르쳐 온 가이지마는 다양한 성향을 가진 소년들 하나하나에 흥미를 느꼈고 그 누구도 차별하지 않으며 평등하고도 친절하게 보살펴 주었다. 경우에 따라서는 매우 엄격하게 체벌을 가하거나 큰 소리로 꾸짖을 때도 있었지만, 오랜 세월의 경험으로 아이들의 심리를 잘 아는 터라 학생들에게도 그리고 같은 동료 교사나 학부형 사이에서도 그에 대한 평판은 나쁘지 않았다. 정직하고 성실하며 노련한 교사라는 평가가 일반적이었다.

가이지마가 M시에 오고 나서 정확히 2년째 되는 어느 봄날, 이야기는 시작된다. D소학교의 4월 학기가 시작될 무렵, 그가 맡고 있는 5학년 학급에 새롭게 전학한 남학생이 있었다. 네모나게 각진 얼굴에 검은 피부색, 무서우리만치 커다랗게 부풀어 오른 머리통 여기저기에는 땜빵이 나 있었고 그 눈매는 무척이나 우울해 보였다. 둥글게 부풀어 오른 어깨에 땅딸막하게 살찐 그 소년은 자신의 이름을 누마쿠라 쇼키치라고 했다. 아무래도 최근에 M시 외곽에 세워진 생사 제조 공장에 도쿄에서 흘러들어 온 직공의 아들인 것 같았고, 비루해 보이는 생김새와 때가 덕지덕지 묻은 복장으로 미루어 보아 부유한 집안의 아이가 아니라는 사실은 자명했다. 처음 그 아이를 보았을 때 가이지마는 분명 성적이 좋지 않고 품행이 나쁜 학생일 거라고 직감적으로 느꼈다. 하지만 교실에 데리고 와서 살펴보니 학습 능력도 그다지 뒤떨어지지 않았고 의외로 성격도 온순한 데다 말수가 적고 무뚝뚝하기까지 한 침착해 보이는 소년이었다.

그러던 어느 날의 일이었다. 평소 때와 다름없이 가이지마는 점심시간에 운동장을 슬슬 걸어 다니며 아이들이 놀이에 푹 빠져 있는 모습을 바라보고 있었다. 그는 학생의 성품이나 품행을 관찰하려면 교실보다는 운동장에서의 언행을 주의해서 살펴봐야 한다는 지론을 갖고 있었다. 운동장에는 역시나 그가 담임을 맡은 아이들이 두 팀으로 나뉘어 전쟁놀이를 하고 있었다. 그 사실만으로는 별다르게 이상한 점도 없었지만 그 팀을 나눈 방식이 너무나 기묘했다. 학급에는 50여 명 정도의 소년들이 있는데, 한 팀은 40명 남짓, 다른 팀은 불과 10명 정도밖에 되지 않았다. 그리고 큰 팀의 대장은 약방집 아들인 니시무라였는데, 아이 둘을 말로 삼아 그 위에 걸터앉아 끊임없이 아군의 세력을 지휘하고 있었다. 작은 팀의 대장을 보았더니, 뜻밖에도 신입생인 누마쿠라 쇼키치였다. 그 아이도 마찬가지로 말 위에 걸터앉아, 말수가 적었던 평상시와는 어울리지 않게 눈을 부라리고 소리를 높여 적은 수의 부하들을 격려하고 질타하며 자진해서 진두로 나아가 수많은 적들의 대열 속으로 돌진하는 것이었다.

'입학하고 아직 열흘도 채 안 됐는데 어떻게 해서 저 아이가 이 정도로 세력을 휘두르게 된 걸까?'

그 광경에 가이지마는 문득 호기심이 발동했고, 양 볼에는 천진한 아이 같은 미소를 띠며 재미난 구경거리에 점점 빨려 들어갈 것 같은 표정을 지은 채 더욱더 열심히 그 놀이 과정을 지켜보았다. 이윽고 세력이 많은 니시무라 팀은 순식간에 적은 수의 누마쿠라 팀에게 뒤쫓기는 신세가 되었고 대열이 엉망진창으로 흐트러져 버리더니 결국 우왕좌왕하며 도망쳐 버렸다. 물론 누마쿠라 팀에 완력이 강한 일당백의 소년들만 모여 있기는 했지만, 아무리 그렇다 하더라도 니시무라 팀의 패배는 그 모양새가 지나치게 무기력해 보였다. 아이들은 그 누구보다도 누마쿠라 한 사람을 극심하게 두려워하는 것 같았다. 다른 적을 상대할 때는 이쪽의 수가 많다는 자신감에 꽤 용감하게 저항했지만, 일단 누마쿠라가 말을 끌고 전진을 하면 순식간에 갈팡질팡하며 변변한 싸움도 없이 도망쳐 버렸다. 결국에는 대장인 니시무라까지 누마쿠라가 노려보자 마자 단숨에 오그라들더니 항복을 하고 생포되는 신세가 되었다. 그럼에도 누마쿠라는 완력을 사용하거나 그 어떤 무기도 없이 그저 종횡무진으로 적진을 돌파하며 말 위에서 호령하고 화내며 욕을 퍼부을 뿐이었다.

"승리! 자 한판 더 하자. 이번에 우리 편은 일곱 명으로 갈게. 일곱 명이면 충분해."

이렇게 말하더니 누마쿠라는 자기편에서 세 명의 용사를 적군에게 내주고 나서 다시 전쟁놀이를 시작했는데, 이번에도 역시 니시무라 패거리는 무참하게 패배하고 말았다.

세 번째에는 일곱 명을 다시 다섯 명으로 줄였다. 누마쿠라 패거리는 이를 악물고 악전고투하는 듯 보였으나 결국에는 승리를 거머쥐었다.

그날부터 가이지마는 이 누마쿠라라는 소년을 각별히 주의 깊게 살펴보았다. 그렇지만 교실에서는 다른 소년들과 별반 다를 것이 없었다. 책을 낭독하거나 산수를 시켜 보아도 곧잘 풀어내었다. 숙제도 게으름 피우지 않고 꼬박꼬박 제출했다. 그리고 시종일관 묵묵히 책상에 앉아 언짢은 듯 눈썹을 찌푸릴 뿐이어서 가이지마는 이 소년의 성격을 파악할 수가 없었다. 어쨌든 선생을 무시하거나 못된 장난을 도모하거나 학급의 분위기를 흐트러뜨리는, 질 나쁜 개구쟁이는 아닌 것 같았다. 같은 골목대장이라 해도 상당히 종류가 다른 골목대장인 것 같았다.

어느 날 아침이었다. 도덕 수업 시간에 니노미야 손토쿠[29]의 일화를 들려줄 때였다. 그는 교단에서 언제나 극히 허물없는 자세에 자애로움으로 가득 찬 모습과 부드러운 목소리로 아이들을 가르쳤지만 도덕 수업 시간만큼은 엄격한 태도를 유지했다. 더구나 그날은 아침 첫째 시간이었고 화창한 아침 햇살이 교실 창문으로 가득 내리쬐었지만 교실 공기는 고요하게 가라앉아 있었다. 그 탓인지 학생들의 마음도 살짝 긴장되어 있었다.

"오늘은 니노미야 손토쿠 선생님의 이야기를 들려줄

29 니노미야 손토쿠(二宮尊德, 1787~1856): 에도 시대 말기의 농민 사상가. 철저한 실천주의자로서 모범을 보였다.

테니 모두 정숙하게 들어야 한다."

가이지마가 단단히 주의를 주며 엄숙한 분위기로 이야기를 시작하자 아이들은 찬물을 끼얹은 듯 고요하게 잠자코 귀를 기울였다. 쓸데없이 옆자리 아이에게 말을 걸어서 혼나기 일쑤였던 수다쟁이 니시무라마저 오늘은 영리해 보이는 두 눈을 깜빡이며 선생님의 얼굴을 열심히 올려다보았다. 한동안 술술 이야기를 풀어 나가는 가이지마의 목소리만이 창문 너머 뽕나무밭까지 낭랑하게 울려 퍼졌고 쉰 명이나 되는 소년들이 예의 바르게 앉아 있는 교실 안에서는 달그락거리는 소리조차 나지 않았다.

"……그래서 니노미야 선생님께서는 뭐라고 얘기하셨을까요? 어떻게 하면 기울기 시작한 핫토리(服部) 가문의 세력을 회복할 수 있을까, 선생님께서 핫토리 가문을 향해 건네준 훈계는 바로 검약이라는 두 글자였습니다."

평상시보다 더 힘이 들어간 연설 투로 막힘없이 이야기를 이어 가는데 어느 순간, 잠잠했던 교실 한구석에서 속닥속닥 이야기를 나누는 소리가 얼핏 그의 귓가에 스쳤다. 그는 잠시 언짢은 표정을 지었다. 모처럼 모든 아이들이 한마음으로 애써 가며 고요함을 유지하던 참이라 더욱 신경이 쓰였다.

'거참, 오늘 애들이 이상하리만치 긴장을 하고 있는데 도대체 누가 쓸데없이 잡담을 하는 거지?'

가이지마는 일부러 크게 헛기침을 하면서 목소리가 들리는 쪽을 힐끗 노려본 후 다시 이야기를 풀어 나갔다. 아주 잠시, 일이 분간은 잠잠해졌나 싶었는데 다시 소곤대는 소리가 들려왔다. 그것은 마치 치통처럼 욱신욱신 그의 신경을 곤두세웠고 내심 짜증이 치밀어 올라 소리가 들릴 때마다 얼른 고개를 돌려 보았지만 뚝 그쳐 버려서 누가 떠드는지 쉽사리 알 수가 없었다. 하지만 아무래도 교실 오른쪽 구석, 누마쿠라 책상 근처에서 들려오는 것 같았다. 떠드는 아이는 분명 누마쿠라인 게 틀림없다는 직감이 들었다. 만일 그 학생이 누마쿠라가 아닌 다른 아이였다면, 특히 장난꾸러기인 니시무라 같은 아이였다면 그는 금세 그쪽으로 고개를 돌려 꾸짖었을 터였다. 하지만 어쩐지 누마쿠라는 막상 혼내기가 힘들었다. 이유는 모르겠지만 아이는 아이인데 아이가 아닌 것 같은, 상대하기 거북한 느낌이 들어서 혼내기가 영 껄끄럽기도 했고 무례한 듯 여겨질 것 같기도 했다. 또 한 가지, 아직 서먹서먹한 탓도 있었는데 이제까지 누마쿠라에게 수업 시간에 질문을 해 본 것 외에는 친숙한 말 한마디조차 건넨 적이 없었다.

'되도록 혼내지 말고 넘어가자. 그러다가 조용해지겠지.'

애써 모른 척하며 넘어가려 했는데 오히려 이야기 소리는 점점 더 거리낌 없이 커져만 갔고 결국에는 누마쿠라의 입이 움직이는 모양새가 그의 시선에 포착되었다.

"대체 아까부터 조잘조잘 떠드는 게 누구냐!"

마침내 인내심이 한계에 도달하자 소리를 지르며 등나무 회초리로 탁 하고 책상을 내리쳤다.

"누마쿠라! 아까부터 떠든 거 자네 맞지? 그렇지! 자네지!"

"아니요. 저 아닌데요……."

누마쿠라는 자리에서 일어나 주눅도 들지 않은 표정으로 이렇게 말하더니 주변을 둘러보다 갑자기 왼쪽에 앉아 있는 노다라는 아이를 가리키며 말을 이었다.

"아까부터 이야기를 한 건 이 아이인데요."

"아니. 자네가 떠드는 걸 내 눈으로 똑똑히 봤는데. 자네는 노다하고 이야기를 한 게 아니지 않나. 자네 오른쪽에 있는 쓰루사키하고 둘이 떠들었지. 어째서 그런 거짓말을 하는 겐가?"

가이지마는 전에 없이 벌컥 화를 냈고 그의 얼굴색까지 바뀌었다. 누마쿠라가 자신의 죄를 덮어씌우려 했던 노다라는 소년이 평소에 온후하고 품행이 바른 학생이었기 때문이었다. 누마쿠라가 노다를 지목한 순간, 노다는 깜짝 놀랐는지 눈을 껌뻑거리며 한 번만 봐 달라는 듯 주뼛주뼛 누마쿠라의 눈치를 살폈고 이윽고 무슨 결심이라도 했는지 창백해진 얼굴로 자리에서 일어났다.

"선생님. 누마쿠라가 그런 게 아니에요. 제가 떠들었습니다."

소년의 목소리는 떨렸다. 대부분의 아이들이 조롱하는 눈초리로 힐끔거리며 노다를 바라보았다. 이런 상황이 가이지마를 더욱 분노하게 했다.

'노다는 교실 안에서 쓸데없이 떠드는 아이가 아닌데. 저 아이는 요즘 반에서 대장 노릇을 하며 으스대는 누마쿠라 때문에 갑자기 누명을 쓰게 됐고 어쩔 수 없이 대신 자처하고 나선 게 분명해. 만약 죄를 뒤집어쓰지 않으면 나중에 누마쿠라에게 괴롭힘을 당할 게 불 보듯 뻔하지. 그렇다면 누마쿠라는 더욱 가증스러운 아이인 거야. 더 추궁해서 따끔한 맛을 보여 줘야 해. 이대로 눈감아 줄 수는 없지.'

"선생님은 지금 누마쿠라에게 묻고 있는 거네. 다른 학생은 모두 입 다물고 있게."

가이지마는 다시 한 번 탁 하고 회초리를 내려쳤다.

"누마쿠라. 자네는 왜 그런 거짓말을 하는 건가? 선생님은 분명 자네가 떠드는 걸 보고 하는 얘기라네. 스스로 잘못했다고 생각하면 정직하게 털어놓고 용서를 빌기만 하면 선생님은 절대로 크게 혼을 내지 않는다네. 그런데도 자네는 거짓말을 했을 뿐 아니라 도리어 자신의 죄를 다른 학생에게 떠넘기려 하다니, 그런 행동이 가장 나쁘네. 그런 성품을 고치지 않으면 자네는 나이가 들어도 변변치 않은 인간이 될 걸세."

그의 호통에도 누마쿠라는 눈 하나 까딱하지 않고 그 침울한 눈동자를 치뜨며 가이지마의 얼굴을 빤히 노려보았다. 그 표정에는 불량한 소년들에게서 찾아볼 수 있는, 심술궂고 대담하고 사나운 기운이 서려 있었다.

"어째서 아무 말 안 하는 건가? 지금 선생님이 말한 걸 못 알아들었나!"

가이지마는 책상 위에 펼쳐진 도덕 교과서를 덮고 성큼성큼 누마쿠라의 책상 앞으로 걸어갔다. 끝까지 추궁하겠다는 결심을 행동으로 내비치면서 경우에 따라서는 체벌까지 가할 수도 있다는 듯 양손으로 등나무 회초리를 힘껏 구부려 보였다. 그 순간 아이들은 일제히 마른침을 삼키며 손에 땀을 쥐었다. 지금 당장이라도 어떤 큰일이 일어날 듯한 일촉즉발의 순간에 일순간 방금 전까지와는 본질적으로 다른 고요함이 괴괴하게 교실을 잠식했다.

"누마쿠라! 어떻게 된 건가? 왜 입을 다물고 있나! 선생님이 이렇게까지 말을 하는데 어째서 고집을 부리는 거지?"

가이지마의 손에서 팽팽하게 잡아당겨진 회초리가 당장이라도 누마쿠라의 뺨을 향해 날아가려는 그 순간이었다.

"저는 고집을 부리는 게 아닙니다."

누마쿠라는 짙은 눈썹을 더욱 찡그러뜨리며 낮고도 거칠게, 더구나 대담함이 느껴지는 완강한 목소리로 말을 이었다.

"이야기를 한 건 정말로 노다입니다. 저는 거짓말을 하지 않습니다."

"알겠다! 이쪽으로 와!"

가이지마는 그의 어깨를 덥석 거칠게 잡아채 난폭하게 끌고 가면서 심각한 표정으로 말했다.

"이리로 와서 선생님이 됐다고 할 때까지 교단 아래 서 있게. 자네가 스스로의 죄를 뉘우치기만 하면 언제든 용서해 주겠네. 하지만 계속해서 고집을 피우면 해가 저물어도 용서하지 않을 걸세."

"선생님……."

그 순간 노다가 다시 일어나며 말했다. 누마쿠라가 재빨리 곁눈질로 노다를 쳐다본 것 같았다.

"정말로 누마쿠라가 아닙니다. 누마쿠라 대신 저를 벌서게 해 주세요."

"아니, 자네를 벌세울 필요는 없네. 자네 말은 나중에 천천히 들을 테니."

이렇게 대답한 뒤 가이지마는 다시 누마쿠라를 가차 없이 끌고 가려 하는데 또 다른 학생이 "선생님!" 하며 일어서는 것이었다. 고개를 돌려 보니 개구쟁이 니시무라였다. 소년의 눈가에는 평상시의 장난스러운 코흘리개 응석받이의 표정이 자취도 없이 말끔히 사라졌고 열 살 남짓 된 아이라고는 믿기지 않을 정도로 자못 진지한, 주군을 위해 자신의 목숨이라도 바치겠다는 용맹한 신하처럼 범접하기 힘든 용기와 각오가 서려 있었다.

"아니. 선생님은 죄가 없는 사람을 벌하려는 게 아니네. 누마쿠라가 나쁜 짓을 해서 누마쿠라를 벌주는 거지. 야단맞을 일 없는 사람은 쓸데없이 끼어들지 않는 게 좋겠네!"

가이지마는 부아가 치밀었다. 어째서 모두 누마쿠라의 죄를 덮어 주려 하는지 알 수가 없었다. 그만큼 누마쿠라가 평소에 아이들을 못살게 굴거나 협박했다면 더더욱 괘씸한 일이었다.

"어서! 빨리 일어나 빨리! 이쪽으로 오라는데도 왜 움직이지 않는 거지!"

"선생님."

또 한 학생이 일어섰다.

"선생님, 누마쿠라를 벌주시려면 저도 함께 벌을 주십시오."

이렇게 말한 아이는 놀랍게도 학급 반장을 맡고 있는 우등생 나카무라였다.

"뭐라고?"

가이지마는 어안이 벙벙해서 자신도 모르게 누마쿠라의 어깨를 잡고 있던 손에서 힘이 빠졌다.

"선생님. 저도 함께 벌주십시오."

연이어 대여섯 명의 아이들이 우르르 걸어 나왔다. 그 뒤를 이어 한 명씩 학급의 거의 모든 소년들이 빠짐없이 이구동성으로 "저도요! 저도요!"라고 외치며 가이지마의 좌우로 모여들었다. 그들의 태도에서 선생님을 곤경에 빠뜨리겠다는 악의는 전혀 느껴지지 않았고, 모두 니시무라와 마찬가지로 자신이 희생을 해서라도 누마쿠라를 구하겠다는 결심이 흘러넘치는 것 같았다.

"그래 알았네. 그렇다면 모두 벌을 세우겠어!"

분노와 당황스러움이 뒤범벅된 상태에서 자칫하면 앞뒤 분별도 하지 못하고 이렇게 내뱉을 참이었다. 만일 가이지마가 나이도 어리고 교사로서의 경험이 적은 사람이었다면 분명 그렇게 행동했을 것이었다. 그 정도로 신경이 날카롭게 곤두서 있었다. 하지만 노련하다는 평판이 나 있던 그인 만큼 소학교 5학년 아이들을 상대로 정색을 하고 나서지는 않았다.

"누마쿠라가 나쁜 짓을 해서 선생님이 벌을 주려는 것인데 어째서 모두 그런 말을 하는 건가? 여러분 모두 잘못 생각하는 걸세."

가이지마는 무척 당혹한 표정으로 말하며 누마쿠라를 벌주려던 생각을 어쩔 수 없이 접어야만 했다.

그날은 모두에게 언짢은 말을 하는 것으로 지나갔지만

그때부터 가이지마에게는 누마쿠라가 하나의 연구 대상으로 언제나 머릿속에 떠올랐다. 소학교 5학년이면 11~12세의 철없는 아이들이었고, 부모의 의견이나 교사의 명령 따위는 좀처럼 들으려 하지 않고 날뛰며 돌아다닐 나이었다. 그런데도 한결같이 누마쿠라를 골목대장으로 떠받들며 학급의 모든 아이들이 그의 수족처럼 움직이고 있었다. 누마쿠라가 오기 전에 골목대장으로 으스댔던 니시무라는 물론이고 우등생인 나카무라, 스즈키마저도 두려움에 떠는 것인지 마음속으로 순종하는 것인지 어쨌든 그의 명령을 따르고 지켰으며 지난번 일처럼 누마쿠라의 신상에 무슨 잘못이라도 생길라치면 스스로 나서서 그 대신 체벌을 받으려 하는 것이었다. 누마쿠라가 아무리 강한 완력과 배짱을 지녔다 해도 그 역시 또래의 코흘리개에 불과한데 "선생님이 이렇게 말씀하셨어."보다는 "누마쿠라가 이렇게 얘기했어." 라는 말이 아이들에게는 훨씬 두렵고 강렬하게 느껴지는 것 같았다. 가이지마는 오랜 세월 동안 소학교 아이들을 다뤄왔고 무척 성가신 불량 학생이나 고집스러운 아이에게 애를 먹었던 기억은 있었지만 이제까지 누마쿠라 같은 경우는 단 한 번도 경험해 보지 못했다. 그 아이가 어째서 이렇게까지 반 아이들 모두의 존경과 신뢰를 얻은 것인지, 어떻게 오십 명의 소년을 그토록 완벽하게 복종시킨 것인지 그것은 분명 대부분의 소학교에서 사례를 찾아보기 힘든 사건이었다.

반 아이들을 모두 두려움에 떨며 순종하게 만들었고 수족처럼 부렸다는 사실, 단순히 그 점만을 본다면 나쁜 행동이라고만은 할 수 없었다. 누마쿠라라는 아이에게 그 정도의 덕망과 위력이 있어서 그렇게 되었다면 그를 질책할 이유는 털끝만큼도 없었다. 다만 가이지마가 우려했던 바는 누마쿠라가 보기 드문 불량 청소년, 더구나 여간해서는 다루기 힘든 대단히 공포스러운 나쁜 아이어서 학급의 선량한 소년들마저 압박을 받지나 않을지, 자신의 세력을 이용해서 나쁜 행동이나 생활 습관을 반 아이들에게 점차 유행시키거나 부추기지는 않을지였다. 그토록 큰 인기와 세력을 가지고 반 아이들에게 나쁜 행동을 퍼뜨린다면 그야말로 큰 사건이라고 생각했다. 하지만 다행히도 가이지마의 장남인 게이타로가 같은 반에 있었기에 넌지시 상황을 물어볼 수 있었고, 드디어 그의 걱정이 기우에 불과했다는 사실이 밝혀졌다.

"아버지, 누마쿠라는 나쁜 아이가 아니에요."

처음에 질문을 듣고 게이타로는 잠시 머뭇거리며 대답을 해도 좋을지 아닐지 망설이다가 말을 아껴 가며 간신히 말문을 열었다.

"그래, 정말 그렇니? 네가 하는 말을 듣고서 누마쿠라를 혼낼 생각은 전혀 없어. 그러니 진실을 이야기하렴. 지난번 윤리 시간의 일은 도대체 어떻게 된 거지? 누마쿠라는 자기가 나쁜 짓을 했으면서도 노다에게 덮어씌우려 했잖니."

게이타로의 변명은 이러했다.

— 분명 나쁜 행동이기는 하다. 그렇지만 누마쿠라에게 일부러 다른 아이를 모함하려는 엉큼한 의도가 있던 게 아니라, 사실은 자신의 부하들(결국 학급의 모든 아이들)이 본인을 마음속으로 얼마나 따르는지, 얼마나 충실한지를 시험해 보기 위해 일부러 그런 행동을 한 것이다. 사건이 있었던

그날은 결과적으로 학급의 모든 소년들이 단 한 명도 남김 없이 누마쿠라를 위해 모든 것을 감내하며 희생하려 했고, 결국 그 대단한 선생님조차 도저히 손을 쓸 수가 없다는 사실을 누마쿠라가 충분히 확인할 수 있었다. 당시 그가 지목한 노다는 제일 먼저 순순히 죄를 덮어쓰려 했고, 노다의 뒤를 이어 스스로 일어선 니시무라와 나카무라, 이 셋은 그중에서도 가장 충성스러운 세 사람으로 나중에 누마쿠라가 그 뛰어난 공적을 표창했다.—

게이타로의 이야기를 다듬어서 그 맥락을 살펴보자면 대체로 이와 같은 사정이 있는 것 같았다. 그렇다면 누마쿠라가 어떻게 해서 언제부터 그 정도의 권력을 휘두를 수 있었는지를 물었는데 게이타로의 머리로는 그 원인을 명확하게 설명할 수는 없었지만 요컨대 이러했다.

— 그는 용기와 관대함과 의협심에 가득 찬 소년이었으며 그런 점이 점차 반 아이들을 지배하는 위치에 놓이게 한 것 같았다. 단순히 완력만을 기준으로 보자면 누마쿠라는 가장 힘이 센 소년이 아니었다. 씨름을 시켜 보면 도리어 니시무라가 이길 정도였다. 하지만 누마쿠라는 약한 아이들을 괴롭히는 니시무라처럼 행동하지 않았기에 두 사람이 싸움을 하면 대부분의 아이들은 누마쿠라 편을 들었다. 게다가 씨름을 할 때는 약해 보이던 누마쿠라가 막상 싸움을 하면 터무니없이 강해지는 것이었다. 완력 외에도 늠름한 기상과 위엄이 온몸에서 흘러넘쳐서 상대방의 담력을 단숨에 압도해 버리는 것이었다. 누마쿠라가 전학 왔을 당시에는 한동안 니시무라와 패권 다툼을 했지만 그것도 잠시였을 뿐, 니시무

라는 굴복할 수밖에 없었다. '할 수밖에 없었'을 뿐만 아니라 이제 니시무라는 기꺼이 그의 부하가 되었다. 실제로 누마쿠라는 "나는 도요토미 히데요시(豊臣秀吉) 대장군이 될 거야." 라는 입버릇만큼이나 마음이 넓고 친화력이 있어서 처음에는 적대시하던 소년들도 결국엔 그가 시키는 대로 흔쾌히 명령을 떠받들게 되었다. 니시무라가 대장이었을 때는 쉽사리 뒤따르지 않던 우등생 나카무라나 스즈키마저도 누마쿠라의 가장 충실한 부하가 되어서 오로지 그의 눈 밖에 나지 않으려고 아부를 떨거나 비위를 맞추었다. 그때까지만 해도 게이타로는 나카무라와 스즈키를 존경했지만 누마쿠라가 오고 나서는 그 두 사람이 조금도 뛰어나 보이지 않았다. 두 사람의 학업 성적은 뛰어났지만 누마쿠라에 비교하면 마치 어른 앞에 서 있는 어린아이처럼 느껴질 뿐이었다.—

대충 이런 이유로 지금은 누마쿠라에게 대항할 수 있는 아이는 단 한 명도 없었다. 그저 마음속으로 기쁘게 복종하고 있을 뿐이었다. 이따금 제멋대로 명령을 내리기도 하지만 누마쿠라의 행동은 대부분 옳았다. 그저 자신의 권력이 확립되기만을 바랐을 뿐, 그 권력을 남용하는 행동은 전혀 보이지 않았다. 어쩌다 부하 가운데 약한 아이를 괴롭히거나 비굴한 행동을 하는 녀석이 있을 때면 가차 없이 엄격한 제재를 가했다. 그래서 겁쟁이 도련님 아리타 같은 아이들은 누마쿠라의 천하가 된 것을 누구보다도 고맙게 생각했다.—

이와 같은 이야기를 아들 게이타로에게서 상세히 듣고 나서 가이지마는 더욱 흥미를 느끼지 않을 수 없었다. 아들의 말이 거짓이 아니라면 누마쿠라는 분명 불량한 소년이 아니었다. 골목대장 중에서도 기특하고 칭찬해 주어야 할 골목대장이었다. 비천한 직공의 아들이었지만 어쩌면 이런 소년이 장래에 진정한 영웅호걸이 될지도 모를 일이었다. 같은 반 아이들을 자신의 부하로 부리며 으스대는 행위를 용납하는 데에는 어느 정도 폐해가 있겠지만, 아이들이 스스로 나서서 기쁘게 복종을 하는 것이라면 굳이 간섭할 필요도 없고 간섭을 해 보았자 별반 효과가 있을 것 같지도 않았다. 아니, 오히려 누마쿠라의 행동을 칭찬해 주는 것이 마땅했다. 아이이면서도 정의를 중시하고 남자답고 용감한 그의 기개를 높이 사서 이후로는 더욱 소년들의 인기를 얻도록 격려해 주어야겠다는 생각이 들었다. 그의 세력을 좋은 쪽으로 이용해서 학급 전체를 위해 힘쓰도록 이끌어 가야 할 것 같았다. 이런 생각을 하면서 어느 날 수업이 끝난 뒤 누마쿠라를 불렀다.

"선생님이 자네를 부른 건 혼내려는 게 아닐세. 정말로 자네에게 감탄하고 있어. 자네는 어지간한 어른들보다 나은 위대함을 지니고 있네. 학급의 모든 아이들이 자네의 명령을 잘 따르려 하는데 그건 선생님조차 쉽사리 할 수 있는 일이 아닌데도 자네는 너무 잘 해내고 있어. 자네와 비교하면 오히려 선생님이 부끄러울 정도라네."

마음씨 좋은 가이지마는 사실 진심으로 그렇게 느끼고 있었다. 교사직에 20년이나 있었으면서도 학급의 아이들을 자유롭게 이끌어 갈 수 있는 덕망과 기량에 있어선 이 어린 소년보다 뒤떨어졌기 때문이었다. 자신만이 아니라 소학교 교사를 통틀어서 골목대장 누마쿠라보다 학생들을 감동시키고 복종하게 할 수 있는 사람은 없었다.

'우리 '학교 선생'들은 점잔을 빼고 있지만 누마쿠라를 생각하면 스스로 부끄럽게 여겨야 해. 학생들에 대한 위신과 자애로움이 누마쿠라보다도 못한 건 결국 우리에게 아이 같은 천진함이 없기 때문이야. 아이들과 동화되어 함께 놀아 주려는 성의가 없어서그래. 앞으로 우리는 누마쿠라에게 많이 배워야만 해. 아이들로 하여금 '무서운 선생님'이라며 멀리하게 하기보다는 '재미있는 친구'로서 마음에 들도록 노력해야 해…….'

가이지마는 말을 이었다.

"그래서 선생님은 앞으로 자네가 더욱더 지금과 같은 마음가짐으로 학생 가운데 나쁜 행동을 하는 아이가 있으면 혼내 주거나 착한 행동을 하는 아이는 돕고 격려해 주어서 모든 학생들이 함께 훌륭한 사람이 될 수 있도록, 모두 예의범절이 바른 사람이 되도록 이끌어 주었으면 하네. 이건 선생님이 자네에게 부탁을 하는 걸세. 골목대장은 자칫하면 난폭하게 행동을 하거나 나쁜 짓을 가르쳐서 골치를 썩이기 쉽지만 자네가 모두를 잘 보살펴 준다면 선생님에게도 많은 도움이 될 것 같은데. 어떤가 누마쿠라? 선생님이 무슨 말을 하는지 알아들었나?"

뜻밖의 간청을 들은 소년은 영 납득이 안 된다는 표정으로 온화한 미소를 짓고 있는 선생님의 입가를 올려다보았다. 잠시 침묵이 흐르고 그제야 가이지마의 마음을 알아차렸는지 너무 기뻐서 자신감 넘치는 마음을 숨기지 못하고 벙글벙글 웃으며 대답하는 것이었다.

"선생님. 잘 알겠습니다! 반드시 선생님 말씀대로 하

겠습니다!"

아동의 심리를 응용하는 방법을 잘 아는 가이지마로서는 이런 일이 그다지 어렵지 않았다. 자칫 잘못하면 교사가 쉽게 감당할 수 없는 누마쿠라 같은 소년을 교묘하게 좋은 길로 이끌어 낸 것이었다. '난 역시 노련한 소학교 교사야.' 이렇게 생각하자 유쾌해졌다.

다음 날 아침, 학교에 출근한 가이지마는 누마쿠라를 조종하는 술책이 기대 이상으로 성공하고 있다는 확실한 증거를 잡았고, 가슴속에서 자신감이 더욱 흘러넘쳤다. 그 이유가 무엇인가 하면, 누마쿠라가 기강을 잡은 그날부터 교실의 분위기는 꺼림칙할 정도로 질서 정연해졌고, 수업 시간에는 선생님이 주의를 줄 필요도 없을 만큼 어느 누구 하나 소란스러운 학생이 없었다. 소년들은 마치 죽은 사람처럼 조용해졌고 기침 소리 한 번 내지 않고 숨죽이고 있을 뿐이었다. 너무나 이상해서 슬며시 누마쿠라를 살펴보았더니 걸핏하면 품속에서 작은 수첩을 꺼내 들고 교실을 둘러보면서 약간이라도 자세를 흐트러뜨리는 학생이 보이면 즉각 발견해 내고 벌점을 적어 넣는 것이었다. '역시 그렇군.' 가이지마의 얼굴에는 자신도 모르게 미소가 새어 나왔다. 점차 시간이 흐르면서 질서는 더욱 엄격히 지켜졌고 교실 안의 아이들 얼굴에는 그저 실수만 하지 않으려고 전전긍긍하며 기도하는 기색이 고스란히 드러났다.

어느 날 가이지마는 눈을 커다랗게 뜨며 학생들에게 놀라움을 표현했다.

"여러분이 요즘 어떻게 이렇게 예의 바른지 모르겠네

요. 여러분이 너무 얌전해져서 선생님은 무척 감탄하고 있어요. 감탄을 넘어서서 간담이 서늘할 만큼 놀라고 있답니다."

'이제 곧 선생님이 칭찬을 해 주시겠지.'

내심 잔뜩 기대를 하고 있던 학생들은 가이지마의 깜짝 놀랄 만한 칭찬을 듣고는 기쁜 나머지 한꺼번에 소리 높여 웃어 젖혔다.

"여러분이 이토록 예의가 바르니 선생님도 정말로 뿌듯합니다. 우리 5학년 학급 학생들이 학교에서 가장 얌전하다며 다른 반 선생님들까지 모두 감탄을 하세요. 그 반 학생들은 어떻게 그렇게 정숙할 수 있느냐며 우리 학교의 모범이라고들 하십니다. 교장 선생님마저도 몇 번이나 칭찬하셨어요. 그러니 여러분도 명심해서 일시적인 행동이 아니라 언제까지나 이런 상태가 이어지도록, 모처럼 얻은 명성에 누가 되지 않도록 해야 합니다. 선생님을 이토록 놀라게 했는데 작심삼일이 되어서는 안 되죠. 부탁합니다."

아이들은 또다시 기쁨의 웃음을 터뜨렸다. 그렇지만 누마쿠라는 선생님과 눈길이 마주치자 슬며시 미소만 지을 뿐이었다.

바로 그해 여름, 일곱 번째 아이를 낳고 갑작스럽게 몸이 약해져서 이따금 병석에 누워 있던 가이지마의 아내가 급기야 폐결핵 진단을 받게 되었다. M시로 이사한 후 생활이 편해졌다고 느낀 것은 처음 일이 년뿐, 막내인 갓난아이는 줄곧 아프기만 했고 아내의 젖은 말라 버린 데다 노모는 지병인 천식이 더 심해져서 나이 들어 가며 성미가 더 급해졌고 그렇지 않아도 살림실이가 점점 나빠지던 차에 아내마저 폐결핵에 걸려 버렸으니 일가족은 더욱더 비참한 상태에 빠지게 되었다. 매달 말일이 다가오면 가이지마는 그 일주일 전부터 마음을 졸였고 울적해졌다. 가난했지만 모두 건강하고 씩씩하게 살았던 도쿄 시절을 생각해 보면 오히려 그때가 지금보다 얼마간은 나았다고 느껴졌다. 지금은 아이들 수도 많아진 데다가 생필품 가격도 올라서 약값을 제외하더라도 매달 지출하는 비용은 도쿄 시절과 별반 다를 게 없었다. 더구나 젊었을 때는 앞으로 차츰차츰 월급이 올라갈 것이라는 기대라도 있었지만 이제는 앞날에 그 어떤 희망의 빛도 없었다.

"그러고 보니 도쿄를 떠날 적에 점쟁이가 M시로 이사를 가면 위치상 재수가 없고 가족 중에 환자가 끊이지 않을 거라고 했던 말이 맞네, 맞아. 아비, 네가 미신이라고 자꾸 비웃었지만 이것 좀 봐라, 결국 점쟁이 말대로 돼 버렸잖니."

망연자실하며 한숨을 쉬는 가이지마의 옆에서 늙은 어머니는 기어코 푸념을 늘어놓았다. 그럴 때마다 아내는 못 들은 척하며 잠자코 눈물만 글썽거릴 뿐이었다.

6월 말의 어느 날이었다. 교직원 회의가 있어서 날이 저물어서야 집에 돌아와 보니 이삼일 전부터 고열로 누워 있던 아내의 침상에서 훌쩍훌쩍 흐느끼는 아이의 목소리가 들렸다.

'또 누가 혼쭐이 나서 울고 있군.'

가이지마는 문지방을 넘어서면서 이상한 느낌을 알아챘고, 순간 신경이 곤두섰다. 가뜩이나 집 안의 공기가 뒤숭

숭하고 어수선한 요즘, 늙은 어머니와 아내는 하루 종일 아이들에게 잔소리만 늘어놓고 있었다. 아이들로서도 하루에 땡전 한 닢의 용돈도 받지 못하자 자나 깨나 짜증을 부려서 어른들을 곤혹스럽게 했다.

"할머니가 그렇게 말씀하시는데 어째서 대답을 안 하니! 너 설마 엄마가 용돈을 안 줘서 다른 사람 물건을 훔친 건 아니겠지?"

콜록콜록 힘없는 기침을 해 대며 야단을 치는 아내의 목소리를 듣자 가이지마는 철렁하고 가슴이 내려앉았고 서둘러 아내가 있는 방문을 열었다. 방에는 굳은 표정의 장남 게이타로가 할머니와 어머니 사이에 끼어 추궁을 받으며 앉아 있었다.

"게이타로, 너 왜 혼나고 있느냐? 어머니가 몸이 안 좋아서 이렇게 누워 있는데 쓸데없이 걱정을 끼치면 안 된다고 일전에도 얘기하지 않았니. 형인 네가 그걸 모르면 어떡하느냐?"

가이지마의 물음에도 게이타로는 시종일관 고개를 푹 숙인 채 입을 꾹 다물고 있을 뿐, 그러다 이따금 무슨 생각이라도 났는지 다다미 위로 눈물을 뚝뚝 흘렸다.

"알았다. 벌써 보름 전부터 할머니는 게이타로 네 행동을 미심쩍어했는데, 정말로 네가 그런 어처구니없는 짓을 한 거냐?"

늙은 어머니도 눈가에 눈물을 그렁그렁 매단 채 목멘 소리로 말했다.

거듭 추궁해 보니 할머니가 단단히 화난 타당한 이유를 알 수 있었다. 이번 달부터 게이타로는 어쩔 수 없이 학용품을 사는 것 외에는 헛되이 쓸 수 있는 돈이 단 한 푼도 없을 텐데도 이따금 여러 가지 물건이나 과자를 들고 오는 것이었다. 일전에도 색연필 대여섯 자루를 가지고 있어서 이상하다는 생각에 어머니가 물어봤더니 학교에서 아무개한테 받았다는 것이었다. 또 그저께는 저녁에 밖에서 돌아오더니 몇 번이나 복도 구석 틈에 숨어서 볼이 미어지도록 무언가를 먹고 있어서 할머니가 살그머니 옆에 다가가 살펴보았더니 품속에 죽순 껍질로 싼 찹쌀 과자가 한가득 있었다. 곰곰이 되짚어 보니 수상쩍게도 요즘에는 게이타로가 이전처럼 용돈을 달라고 졸라 대지 않았다. 의심이 시작되자 그 외에도 부쩍 수상한 행동이 한두 가지가 아니었다. 그 모습이 너무나 의심스러워서 적당한 때를 기다렸다가 설명을 들어야겠다는 마음을 먹고 있던 참에 오늘 또다시 오십 전은 될 법한 훌륭한 부채를 들고 돌아왔다. 슬쩍 물어보았더니 그 역시나 친구가 주었다는 대답이 돌아왔다. 그렇다면 어디 사는 뭐라는 친구에게 언제 받았느냐고 상세히 물어보았지만 입을 꾹 다문 채 고개를 푹 숙이고는 도통 대답이 없었다. 더더욱 의심쩍은 마음에 엄하게 추궁한 결과, 간신히 준 게 아니라 샀다는 고백까지는 받아 놓은 터였다. 하지만 물건을 살 수 있는 돈이 어디서 났는지를 입에서 신물이 나도록 꾸짖으며 아무리 물어봤지만 그것만큼은 진실을 털어놓지 않았다. 그저 "다른 사람 돈을 훔치지는 않았어요."라는 말뿐, 계속해서 고집스럽게 우겨 대기만 했다.

"훔치지 않았다는 아이가 어떻게 돈을 가지고 있는 게냐. 그걸 말해 봐! 어서 말 못 해!!"

할머니는 이렇게 고함을 치며 격분한 나머지 병들고 지친 몸을 까마득히 잊은 채 당장이라도 게이타로에게 손찌검을 할 것 같았다.

그 이야기를 듣는 동안 가이지마는 온몸에 찬물을 뒤집어쓴 것처럼 오싹함이 느껴졌다.

"게이타로, 어째서 정직하게 진실을 말하지 않니? 훔쳤으면 훔쳤다고 곧이곧대로 말하거라…… 아버지는 다른 아이들처럼 네게도 좋아하는 물건을 사 주고 싶지만 알다시피 우리 집에는 환자가 여럿이라 너까지 돌볼 수 있는 여유가 없구나. 너도 힘들겠지만 참아야만 한다. 아버지는 설마 네가 다른 사람의 물건을 훔치는 나쁜 아이라고는 생각하고 싶지도 않다. 사람은 어쩌다 잘못된 마음을 품을 수도 있어서 처음부터 그런 생각은 아니었을지라도 어떤 충동으로 비열한 근성이 나타나기도 하지. 만일 그렇다면 이번 한 번만은 용서해 줄 테니 정직하게 말해 보렴. 그러고 나서 앞으로는 두 번 다시 그런 짓을 하지 않겠다고 할머니께 용서를 빌려무나. 게이타로! 왜 가만히 있느냐!"

"……그러니까요, 아버지. ……그러니까 저는요…… 다른 사람의 돈을 훔친 적이 없어요……."

게이타로는 이렇게 말하며 다시 훌쩍훌쩍 울기 시작했다.

"하지만 게이타로야, 일전에 색연필하고 과자, 그 부채까지 모두 샀다고 하지 않았니? 그 돈이 대체 어디에서 난 거냐! 그 말을 해야 알 거 아니냐! 이러면 아버지도 계속 네게 잘해 줄 수 없구나. 결국에는 치도곤을 당할 게다. 그래도 되겠느냐, 게이타로!"

그 순간, 게이다로는 우와앙 하고 소리 높여 울음을 터뜨렸다. 거듭 입술을 움직여 무슨 말을 하는 것 같았지만 너무 심하게 우는 바람에 도통 무슨 말인지를 알 수 없었다. 하지만 결국 이런 말이었다.

"……돈이라곤 하지만 진짜 돈이 아니에요. 가짜로 만든 지폐라고요……."

울면서도 창피하다는 어투로 거듭거듭 반복하며 변명을 하는 것이었다. 소년은 품속에서 꼬깃꼬깃해진 한 장의 가짜 지폐를 꺼내 들고서는 손등으로 뺨의 눈물을 훔쳐 댔다.

가이지마는 지폐를 받아 든 후 무릎 위에 펼쳐 놓고 들여다보았다. 작은 종이 위에 중간 크기 활자로 '백 엔'이라고 인쇄된, 어린애 속임수에나 쓰일 장난감에 불과한 것이었다. 게이타로의 품속에는 네댓 장이 더 감추어져 있는 것이 들통났고, 오십 엔, 천 엔, 더구나 만 엔짜리도 있었는데 금액이 늘어날수록 활자의 모양새나 지폐 크기도 커졌다. 그리고 지폐 뒷면 귀퉁이에는 모두 '누마쿠라'라는 확인 도장이 찍혀 있었다.

"여기에 누마쿠라라고 도장이 찍혀 있는데 그럼 이 지폐는 누마쿠라가 만든 게냐?"

가이지마는 대충 사건의 전말을 짐작하고는 가슴을 쓸어내렸지만 여전히 미심쩍은 부분이 다 풀리지는 않았다.

"네……, 네……."

게이타로는 하염없이, 더욱 크게 하염없이 울면서 고개를 끄덕였다.

마침내 그날 밤새도록 줄곧 게이타로를 어르고 달래며

알아본 끝에 그 지폐가 만들어진 이유를 상세히 알 수 있었다. 그가 예측한 대로 누마쿠라라는 소년이 자신의 세력을 발전시킨 결과가 놀라울 만한 사건이 되어 그 내면에 도사리고 있었다.

— 게이타로의 이야기를 근거로 상상을 해 보면 가이지마가 스스로 노련한 조치였다고 은근히 자만하였던 골목대장 조련에 대한 술책이 거의 성공을 거두었음에도 불구하고, 그사이에 반대급부적인 폐해도 많아진 것 같았다. 담임 선생님에게 의외의 칭찬과 격려를 받은 누마쿠라는 크게 감격했고 그와 동시에 더욱 우쭐대며 활약하기 시작했던 것이다. 우선 첫 번째로 같은 반 아이들의 명단을 만들었고 매일같이 아이들의 언동을 관찰하며 자신만의 기준을 세워 일일이 엄중한 품행 점수를 매겨 나갔다. 출석, 결석, 지각, 조퇴 — 선생님에 버금가는 권위를 가지고 이런 사항들을 일일이 작은 수첩에 적어 둔 것은 말할 필요도 없었다. 그것뿐만이 아니었다. 결석하는 아이에게는 그 이유를 신고하게 했고 비밀 탐정을 시켜서 그 이유가 진실인지를 조사하게 했다. 딴짓을 하다가 지각을 하거나 꾀병으로 학교를 안 나오는 경우에는 그 즉시 탐정에게 증거가 발각되므로 적당히 거짓말로 둘러댈 수가 없었다.—

이와 같은 말을 듣고 보니 가이지마에게도 짐작이 가는 바가 있었다. 근래에 결석이나 지각을 하는 학생이 거의 없었던 것이다. C마을의 잡화점집 아들 하시모토라는 병약한 아이마저 창백하고 기운이 없는 얼굴로 필사적으로 매일 학교를 다녔다. 여하튼 학급 아이 모두가 근면 성실해진 것 같아서 다행이라며 기뻐하던 참이었다.— 일곱, 여덟 명의 소년이 탐정으로 임명되었고 그들은 학급에서 게으름을 피우는 아이들 집 주변을 돌아다니거나 몰래 뒤를 쫓으며 긴장의 끈을 놓지 않고 늘 단속했다. 더구나 한편으로는 엄격한 벌칙이 있어서 명령을 어겼을 때는 가령 그 사람이 학급 대표이건 또는 누마쿠라 자신이라 해도 제재를 감수해야 함은 물론이었다.

벌칙의 종류가 점점 늘어나면서 제재하는 방법도 복잡해졌고 탐정의 숫자도 늘어나게 되었다. 결국에는 탐정 이외에도 여러 가지 직책을 임명하게 되었다. 선생님이 임명한 반장은 제쳐 놓고 그 대신 힘이 센 말썽쟁이가 감독관 자리에 앉았다. 출석부 담당, 운동장 담당, 오락 담당과 같은 직책도 생겼다. 대통령 누마쿠라를 보좌하는 직책도 생기고 재판관에 그 부관, 고관대작의 일을 돕는 장교직도 생겼다. 신하 가운데 가장 지위가 높은 소년은 부통령직을 맡은 니시무라였고, 그에게는 두 명의 장교가 배속되었다. 우등생인 나카무라와 스즈키는 처음에는 나약한 성격 탓에 무시를 당했지만 점차 누마쿠라의 신임을 얻게 되었고 결국에는 대통령 고문관이 되었다.

이윽고 누마쿠라는 훈장을 제정했다. 완구점에서 사온 납으로 만든 훈장에 고문관에게 명령하여 각각 그럴싸한 호칭을 붙이게 한 후 공로가 있는 부하에게 수여했다. 결국 훈장 담당이라는 또 하나의 직책이 늘어났다. 그러던 어느 날이었다. 부통령 니시무라가 누군가에게 재정 장관을 맡기고 화폐를 발행하자고 건의를 했다. 대통령은 이 안건을 두

말할 필요도 없이 기꺼이 받아들였다.

그 즉시 양주 가게 아들 나이토라는 소년이 재무 장관으로 임명되었다. 우선 그에게 맡겨진 업무는 학교가 파하면 두 명의 비서관과 함께 자신의 집 이층 방에 틀어박혀서 오십 엔부터 만 엔까지 지폐를 인쇄하는 일이었다. 완성된 지폐는 대통령에게 전달되었고 '누마쿠라'라는 도장이 날인되고 나서야 비로소 효력을 지니게 되었다. 모든 학생들은 대통령을 비롯하여 지위의 높낮이에 따라 그에 준하는 봉급을 받았다. 누마쿠라의 월급이 오백만 엔, 부통령이 이백만 엔, 장관이 백만 엔, 부하는 만 엔이었다.

이런 식으로 모두 각자의 재산이 형성되자 소년들은 지폐를 사용하여 자신의 물건을 사고팔기 시작했다. 누마쿠라처럼 부유한 재산이 있는 경우엔 원하는 물건을 거리낌 없이 부하에게서 사들였다. 그중에서도 비싼 장난감을 많이 갖고 있는 아이들은 누마쿠라의 명령에 따라 마지못해 물건을 내놓아야 했다. S수력 전기 회사 사장의 아들 나카무라는 현악기 다이쇼고토(大正琴)[30]를 누마쿠라에게 이십만 엔에 팔았다. 도련님 아리타는 이전에 도쿄에 갔을 때 아버지가 사 준 장난감 공기총을 오십만 엔에 팔라는 말에 어쩔 수 없이 내놓았다. 이와 같은 거래가 처음에는 학교 운동장 한구석에서 드문드문 이루어졌지만, 결국에는 그 규모가 커져서 학교가 파하면 매일같이 공원 들판 위, 교외 수풀 속, T마을 아리타의 집 등지에서 아이들끼리 잔뜩 모여서 시장을 여는 형국이

30 다이쇼 시대에 발명된 금속 현 두 줄을 매단 현악기.

되었다. 이윽고 누마쿠라는 법령 한 가지를 공표했는데, 부모에게서 용돈을 받은 자는 그 돈을 모두 물건으로 바꾸어서 시장에 내놓아야 한다는 명령이었다. 그리고 어쩔 수 없이 일용품을 사야 하는 경우를 제외하고는 대통령이 발행하는 지폐 이외의 돈을 절대로 사용해서는 안 된다는 결정을 내렸다. 이 법령에 의해 자연스럽게 집안이 부유한 아이들은 언제나 물건을 파는 쪽이 되었고 물건을 산 아이는 다시 그 물건을 되팔아서 누마쿠라 공화국 인민의 빈부 격차는 점차 줄어들어 가고 있었다. 가난한 집안의 아이라 해도 누마쿠라 공화국의 지폐만 가지고 있으면 용돈에 부족함이 없었다. 처음에는 재미 삼아 시작한 일이었으나 결과가 이렇게 되자 현재는 모두가 대통령의 바르고 어진 정치력을 찬양했다.

게이타로에게 들은 이야기를 종합해 보면 대략 이와 같은 사실을 추측할 수 있었다. 아이들이 자신들만의 시장에서 판매하는 물건은 극히 넓은 범위에 이르는 것 같았고, 그날 밤 게이타로가 열거한 물건의 가짓수만 해도 스무여 종류에 이르렀다. 적어 보면 다음과 같았다.

— 서양 종이, 필기 노트, 앨범, 그림엽서, 필름, 과자, 구운 감자, 서양과자, 우유, 탄산음료, 갖가지 과일, 소년 잡지, 소설책, 그림물감, 색연필, 장난감, 슬리퍼, 게다 신발, 부채, 쇠붙이, 지갑, 나이프, 만년필…….

이처럼 많은 물건이 구비되어 있었기에 소년들이 원하는 물건이 있을 때는 그들의 시장에 가면 거의 모든 것이 갖추어져 있을 정도였다.

게이타로는 선생님의 자녀라는 신분상 누마쿠라에게

특별한 비호를 받았기 때문에 지폐를 두둑이 받았다.— 누마쿠라가 가이지마의 집안 사정을 알고 있기에 아마도 게이타로의 빈곤함을 일부러 구제해 주려는 의협심이 있었던 것 같다. — 게이타로의 품 안엔 언제나 백만 엔 정도의 지폐가 있었고 그는 장관급과 맞먹는 자산가가 되었다. 이제까지 할머니에게 발각된 색연필이나 과자, 부채 외에도 여러 가지 물건을 사들였다고 한다.

하지만 누마쿠라는 다른 명령은 다 괜찮아도 이 화폐 제도만큼은 선생님에게 발각되면 혼나지 않을까 걱정했다. 선생님 앞에서는 이 지폐를 결코 꺼내 들어서는 안 되며 들키지 않도록 서로 주의하자는 약속을 했다. 혹시라도 일러바치는 아이가 있으면 엄벌에 처한다는 취지의 규정까지 만들어 놓았다. 게이타로는 그 누구보다 혐의를 받기 쉬운 입장이었기에 평소에도 가슴을 졸이고 있었는데, 그날 밤 뜻하지 않게 도둑 누명을 쓰게 되자 억울한 나머지 결국 자백을 하고 말았던 것이다. 그토록 세게 고집을 부리며 소리 높여 울었던 것도 다음 날 누마쿠라에게 엄벌을 받을 것이 두려웠기 때문이었다.

"왜 이렇게 자신이 없는 게냐! 그렇게 울 일이 아니지. 누마쿠라가 너를 못살게 굴면 그다음에는 아버지가 누마쿠라에게 혹독한 벌을 줄 게다. 정말 너희들 행동을 보고 있자니 어처구니가 없구나. 네가 아무리 무슨 말을 해도 아버지는 내일 모두를 혼낼 수밖에 없다. 네가 고자질했다고 말하지 않으면 되지."

아버지의 꾸중에도 게이타로는 그 말을 들으려고도 하

지 않으며 고개를 가로저을 뿐이었다.

"그렇게 말씀하셔도 소용없어요. 모두 저를 의심할 거고 오늘 밤에도 탐정이 우리 집 사정을 몰래 듣고 있을지도 몰라요……."

우왕 하며 또다시 소리 높여 우는 것이었다.

그 모습에 가이지마는 아연실색하며 한동안 멍하게 있을 뿐이었다. 내일 서둘러서 누마쿠라를 불러내 엄중히 타이른다 해도 이 사건을 도대체 어디에서부터 손을 대서 어떤 조치를 내리면 좋을지, 그런 생각을 할 여유조차 없을 정도로 깜짝 놀라고 기가 막혀서 망연자실할 뿐이었다.

그해 가을이 다 저물어 가던 무렵의 어느 날, 가이지마의 아내는 많은 양의 피를 토했고 그날로 몸져누워서 당분간은 일어나지 못하게 되었다. 늙은 어머님의 천식도 차가운 기운이 거세지는 계절의 흐름에 따라 악화되어 가기만 했다. 산간 지방이라서 그런지 M시의 공기는 상당히 건조했고 병약한 두 사람에게는 더욱 혹독하게 느껴졌다. 세 평짜리, 네 평짜리, 두 평이 조금 넘는 방까지 고작 세 칸밖에 없는 상황에서 방 하나에는 고스란히 두 사람의 이부자리가 나란히 깔렸고 둘은 번갈아 가면서 기침을 하고 가래를 뱉어 냈다.

결국 고등소학교 1학년에 다니는 장녀 하쓰코가 모든 부엌일을 도맡아 해야만 했다. 어두컴컴한 새벽에 일어나 아궁이에 불을 때고 상을 차려서 환자들 음식 수발을 들고 형제들을 보살펴 주고 나서야 간신히 트고 갈라진 손을 닦고서 학교로 향할 수 있었다. 그리고 점심때가 되면 쉬는 시간에 집으로 돌아와 한바탕 점심 식사를 준비했다. 오후에는 빨래도 하고 갓난아이 기저귀 빨래며 손질도 해야 했다. 보다 못한 가이지마가 부엌으로 들어와 물을 퍼 나르거나 청소를 도와주었다.

한 집안의 불행이 절정에 이르렀다는 느낌보다는 앞으로 더욱 나빠질 일만 남아 있는 것 같았다. 가이지마는 어쩌면 자신에게도 폐병이 옮았을지 모른다는 걱정이 들었다. 이왕 병에 걸릴 거라면 자신뿐만이 아니라 가족 모두가 남김없이 폐병에 걸려 모두 함께 죽는 게 낫겠다는 생각마저 들었다. 그러고 보면 요즘 들어 게이타로가 이따금 자다가 식은땀을 흘리며 요상한 기침을 하는 점도 신경이 쓰였다.

이런저런 고충이 쌓이고 쌓인 탓인지, 가이지마는 교실에서 자주 화를 냈고 학생들을 호되게 꾸짖었다. 조그마한 일에도 빈정이 상했고 이상하게 신경이 날카로워져서 몸속의 피가 한꺼번에 머리 위로 솟구치는 기분이었다. 그럴 때마다 앞뒤 볼 것 없이 밖으로 뛰쳐나가고 싶어졌다. 바로 일전에도 학생 한 명이 그 지폐를 사용하는 것을 발각하고 벌컥 화를 냈다.

"그때 그렇게 선생님이 꾸중을 했는데도 너희들은 여전히 그런 걸 갖고 있는 게냐!"

일순간 쿵쾅쿵쾅 심장 소리가 갑자기 커지며 눈앞이 빙그르 돌아 당장이라도 쓰러질 것 같았다. 그즈음에는 누마쿠라를 비롯한 학생 모두가 가이지마를 업신여기기 시작했고, 일부러 화를 내게 하려는 듯 심술궂은 행동만 하는 것이었다. 선생님을 아버지로 둔 죄로 게이타로마저 따돌림을 당했을 뿐만 아니라 최근에는 같이 놀 친구마저 없어서 학교에서 돌아오면 하루 종일 비좁은 집 안에서 빈둥거렸다.

11월 말의 어느 일요일 오후였다. 이삼일 전부터 핼쑥하게 쇠약해진 아내의 이부자리 속에서 안 그래도 한시를 떠나지 않고 안겨 있던 갓난아기가 점심 무렵부터 킁킁거리며 젖을 찾더니 결국에는 칭얼대다가 급기야 자지러지게 울어 대기 시작했다.

"울지 마, 응, 우리 착한 아이 울지 마……. 자자, 아이 착하다. 자자……."

지칠 대로 지쳐 맥이 풀린 힘없는 아내의 목소리가 가끔 살아난 듯 반복되다가 이내 잦아들더니 나중에는 들리지 않게 되었다. 그저 처참하게 울어 대는 갓난아이의 울음소리만이 예리하고 날카롭게 주변에 울려 퍼졌다.

네 평짜리 옆방의 책상에 앉아 있던 가이지마는 울음소리가 울려 퍼질 때마다 장지문과 귓가가 덜덜 떨리는 느낌을 받았다. 이윽고 무엇인가가 허리 주변에서 등짝까지 온전히 뒤덮기나 한 듯, 발밑에서부터 이상한 기운이 조금씩 스멀스멀 퍼져 올라오는 것처럼 참을 수 없는 느낌이 들었지만 무던히 참으며 책상 옆을 떠나지 않았다.

"울 테면 울어라. 이럴 때는 울음이 그칠 때까지 그냥 놔두는 것밖에는 방법이 없지."

가이지마도, 아내도 할머니마저 모두 약속이나 한 것처럼 체념하고 있었다.

아직 이삼일 치는 남아 있으리라 믿었던 갓난아이의 우유가 단 한 방울도 남지 않았다는 사실을 깨달은 것은 바로 오늘 아침이었다. 하지만 세 사람은 그보다 더욱 비참한 사실을 알고 있었다. 내일모레 월급날 때까지 집 안 곳곳을 찾아봐도 단 한 푼의 돈도 없다는 사실이었다. 그 말을 입 밖으로 꺼내기가 두려워서 세 사람은 입을 꾹 다물고 서로의 마음을 헤아리고 있었다. 이럴 때는 언제나처럼 장녀 하쓰코가 설탕물을 만들어 주거나 적당히 된장죽을 끓여 먹였지만 어찌 된 셈인지 갓난아이는 전혀 받아먹지 않았고 "맘마맘마."라며 더 성급하게 울어젖혔다.

그 울음소리에 귀를 기울이던 가이지마는 슬픔을 넘어서서 괴로움도 즐거움도 존재하지 않는 광활한 대지에 놓여 있는 것 같은 기분이 들었다. 가슴 저 깊은 곳에서 "울려면 실컷 우는 게 낫지, 더 울어라 울어. 울어라 더 울어."라며 혼잣말을 했다. 그러다가 이따금 신경이 부쩍 날카로워져서 마치 몸이 우주에 매달려 있는 듯한 기분이었고, 자신의 존재가 어깨에서 그 위쪽 머리로만 느껴지는 것이었다. 그러다 문득 책상에서 일어나 안타까운 마음으로 방 안을 서성이며 돌아다니기 시작했다.

'그렇지. 지불할 돈이 밀렸다고 해서 너무 걱정할 필요는 없어……. 그 집 자식이 내가 맡고 있는 학생이니 말이야……. 다음에 한꺼번에 준다고 하면 그렇게 하시라고 할 게 분명해. 부끄러워할 일도 아니지. 난 소심해서 탈이야…….'

이런 생각이 떠오르자 그때부터 머릿속에서는 단 한 가지만이 거듭 맴돌았고 그는 같은 장소를 빙빙 돌아다녔다.

날이 저물 무렵, 가이지마는 홀연히 밖으로 나가더니

K마을의 나이토 양주 가게로 걸어가는 것이었다. 양주 가게 앞에 다다랐을 때, 점포 앞에 서 있던 점원 한 사람이 정중하게 머리 숙여 인사를 했다. 가이지마는 잠시 가던 길을 멈추고 빙긋 웃으며 답례를 했다. ……계산대 뒤쪽 진열대에는 각종 통조림과 양주병이 빼곡히 들어차 있었고 한구석에 우유 캔 두 세 개가 언뜻 눈에 띄였다. 하지만 가이지마는 아무렇지도 않은 척하며 그곳을 지나쳐 갔다.

집 근처까지 되돌아왔지만 갓난아이는 여태 울고 있는지 빽빽거리는 목 갈라진 소리가 황혼 무렵의 마을 위 저 멀리 십여 미터까지 울려 퍼졌다. 화들짝 놀란 가이지마는 또다시 발걸음을 돌려 정해진 목적지도 없이 어슬렁거리며 돌아다녔다.

M시의 저 유명한 A산에서 불어오는 산바람이 이제 곧 다가올 겨울의 전령이라도 되는 듯, 윙윙거리며 거리에 차가운 기운을 감돌게 했다. T강을 따라 조성된 공원 방죽 길 그늘에는 대여섯 명의 아이들이 저녁 어둠 속에 쭈그리고 앉아 무슨 놀이라도 하는지 줄곧 소곤소곤 은밀한 이야기를 나누고 있었다.

"싫어, 싫다니까, 나이토. 넌 너무 여우 같아서 싫어. 이제 딱 세 개밖에 없으니까 하나에 백 엔 주면 팔게."

"너무 비싸!"

"그게 비싸다고? 누마쿠라, 어떻게 생각해?"

"으음. 나이토가 너무 약아빠졌어. 안 판다는데도 억지로 사려고 하면서 가격까지 깎는 녀석이 어디 있어. 살 거면 깎지 말고 사라고."

이런 목소리가 들려오자 가이지마는 멈추어 서서 아이들 쪽을 바라보며 말을 걸었다.

"이봐, 자네들 뭘 하는 겐가."

일순간 아이들은 뿔뿔이 흩어져 도망치려 했지만 가이지마와의 거리가 너무 가까운 탓에 쉽사리 도망치지도 못했다. 누마쿠라의 얼굴에는 '들켰으니 이제 어쩔 수 없지. 혼나도 뭐 대수롭지 않아.'라는 각오가 또렷하게 서려 있었다.

"누마쿠라, 어디 한번 선생님도 그 속에 끼어 주지 않겠나, 어떤가? 자네들이 하는 시장에서는 어떤 물건을 파는 거지? 어디 한번 선생님한테도 지폐를 좀 나눠 줘 보게. 함께 놀이를 해 보게."

이렇게 말하는 가이지마의 표정을 보았더니 입가는 빙긋 미소를 짓고 있었지만 눈에는 으스스하게 핏발이 서 있었다. 아이들은 이제까지 그런 표정을 한 가이지마를 본 적이 없었다.

"어디 함께 놀아 보세. 자네들은 걱정할 필요가 하나도 없네. 선생님은 오늘부터 여기 있는 누마쿠라의 신하가 될 거니. 모두 똑같이 누마쿠라의 부하가 된 거지. 그러니 이제부터 걱정할 필요 없네."

누마쿠라는 깜짝 놀라며 두세 걸음 비척거리며 뒷걸음질 쳤지만 금세 생각을 고쳐먹고 가이지마의 앞으로 다가왔다. 그러고는 마치 부하인 소년을 대하는 것처럼 거만한 골목대장의 위엄을 잔뜩 부리며 말했다.

"선생님, 정말이신가요? 그렇다면 선생님께도 재산을 나눠 드리지요. 자, 여기 백만 엔."

누미쿠라는 지갑에서 그에 상당하는 지폐를 꺼내 가이지마에게 건넸다.

"야, 진짜 재미있겠다. 선생님도 들어오신다니 말이야."

한 아이가 이렇게 말하자 두세 명의 소년이 손뼉을 치며 즐거워했다.

"선생님, 선생님은 뭐가 필요하세요? 원하시는 건 전부 팔아요."

"네네, 담배에, 성냥에, 맥주, 정종, 사이다……."

한 아이가 정류장에서 물건을 파는 사람의 흉내를 내며 외쳤다.

"선생님 말이냐. 선생님은 우유 한 통이 필요한데 혹시 너희 시장에서도 팔까?"

"우유 말인가요? 우유는 저희 집 가게에 있으니까 내일 시장에 가지고 와서 드릴게요. 선생님이니까 한 통에 천 엔으로 깎아 드릴게요."

이렇게 대답한 것은 양주 가게 아들 나이토였다.

"그래, 좋구나. 천 엔이면 싸네. 그럼 내일 또다시 여기 놀러 올 테니 우유 잊지 말아라."

'옳다구나.'

가이지마는 속으로 쾌재를 불렀다.

'아이들을 속여서 우유를 사다니 나도 상당히 수완이 좋군. 역시 난 아이들을 다루는 데 노련해…….'

공원에서 돌아오는 길에 K마을의 나이토 양주 가게 앞을 지나가던 가이지마는 갑자기 성큼성큼 가게 안으로 들어가서 우유를 샀다.

"으음, 가격이 천 엔이었지요. 그럼 돈은 여기에 놓겠습니다."

소맷자락에서 아까 받은 지폐를 꺼낸 순간, 그는 괴로운 꿈에서 막 깨어난 것처럼 퍼뜩 정신이 들었고 순식간에 얼굴이 새빨개졌다.

'앗, 어쩌지. 내가 미쳤지. 하지만 빨리 정신을 차렸으니 다행이구나. 어처구니없는 말을 해 버렸네. 미치광이라고 생각하면 성가시니까 어떻게든 한번 얼버무려 보자.'

생각이 여기에 미치자 가이지마는 큰 소리로 껄껄 웃으며 점원에게 이렇게 말했다.

"아아, 이걸 돈이라고 말한 건 농담이에요. 하지만 만일을 위해 받아 두십시오. 어차피 30일이 되면 이 문서랑 교환해서 현금으로 천 엔을 지불할 테니……."

옮긴이의 말

현대성을 지닌 스토리텔링의 거장

문학 분야에서 우리의 관심을 끌고 가장 큰 영향력을 주는, 강력한 단어가 있다면 바로 '노벨 문학상'이 아닐까 싶다. 이 이야기를 바로 '노벨 문학상'이라는 단어에서부터 시작해 보기로 하자. 지금으로부터 약 50년 전으로 돌아가 노벨 문학상과 관련한 몇 가지의 문학사적 장면을 되짚어 봄으로써 우리는 자연스럽게 어느 일본 문학가에게 시선을 돌려 볼 수 있으리라.

1966년 9월 18일. 일본의 하네다 공항은 취재진으로 인산인해를 이루었다. 바로 프랑스의 철학자이자 작가, 장 폴 사르트르(Jean-Paul Sartre)가 그의 연인이자 지적 동반자 시몬 드 보부아르(Simone de Beauvoir)와 함께 일본을 방문한 것이었다. 사르트르는 일본 게이오 대학교의 초대를 받아 세 번의 강연을 했고, 그 당시 강연 내용은 저 유명한 『지식인을 위한 변명』에 수록되었다.

시간을 그 시점에서 또다시 2년 전으로 되돌려 보자.

1964년 10월. 스웨덴 한림원은 노벨 문학상 최종 후보 6인 중 사르트르를 최종 수상자로 발표한다. 하지만 사르트르는 '제도권에 의해 규정'되기를 원치 않으며 '저술의 영향력을 제한'받을까 우려한다며 수상을 거부한다. 스스로의 결정에 의한 최초의 노벨 문학상 수상 거부[31], 대중은 20세기 최고의 지성, 사르트르에게 더욱 열광한다.

그리고 다시 시간을 50년 뒤로 이동한 시점, 즉 노벨 문학상 후보자와 결정 과정에 대한 50년 동안의 비공개 기간이 끝나는 순간으로 이동해 보자. 일본의 교도 통신은 한림원한테 1964년 노벨 문학상 선정 과정에 대한 자료를 공개해 달라고 요구하였고, 당시 노벨 문학상 후보자 76명 중에 일본인이 4명 포함되었다는 사실을 밝혀낸다. 사르트르와 마지막까지 경합을 벌인 작가는 바로 일본의 소설가 다니자키 준이치로. 다니자키는 노벨 문학상 후보로 여섯 번이나 거론되었었으며, 그 전해인 1963년에도 최종 경합 대상자에 올랐다는 것이다. 이 사실 하나 만으로도 다니자키는 서양 세계가 주목한 일본 문학가라는 점을 여실히 증명하고도 남았다.

하지만 노벨 문학상의 영광을 앞둔 1965년 7월 30일.

31 노벨 문학상을 처음으로 거부한 사람은 『닥터 지바고』의 작가, 보리스 레오니도비치 파스테르나크이다. 그는 1958년에 노벨 문학상을 거절했지만, 그 이유는 혁명을 왜곡한다는 이유로 당시 소련 정부의 추방 압력을 견디지 못해 결정한 행동이었고, 그의 사후인 1989년에 파스테르나크의 아들이 노벨 문학상을 대리 수상함으로써 사르트르의 노벨 문학상 거부는 거의 전무후무하다 할 것이다.

다니자키는 심장 마비로 유명을 달리했고, 《다임》은 그의 사망 사실을 보도하기까지 한다. 그리고 1968년, 일본 최초의 노벨 문학상 수상의 영광은 우리가 주지하다시피 『설국(雪国)』의 작가 가와바타 야스나리(川端康成)에게 돌아갔다. 서구가 그토록 일본 문학가에게 관심을 가진 배경에는 2차 세계대전을 거치며 '일본을 소비'하려는 서구의 자세가 이미 형성된 시점이었다는 사실, 그리고 무엇보다도 에드워드 사이덴스티커(Edward Seidensticker)라는 문학가이자 번역가의 노력으로 일본의 문학 작품이 엄선되어 영어로 번역, 알려졌다는 점이 작용했다. 당시 항간에는 일본 문학가가 노벨 문학상을 수상할 것이라는 예측이 계속 나돌았고, 결국엔 가와바타 야스나리가 한림원에서 「아름다운 일본의 나」(가와바타는 노벨 문학상이 자신에게 수여된 이유를 너무나 절묘하게 파악하고 있었다!)라는 제목의 수상 연설을 하게 된다. 그리고 수상의 절반은 사이덴스티커의 몫이라며 상금까지도 반으로 나누어 가지게 된다.

그러나 사이덴스티커가 가와바타 이전에 번역을 하고자 선택한 작가는 바로 다니자키였다. 1955년에 『Some Prefer Nettles』라는 제목으로 다니자키 준이치로의 『여뀌 먹는 벌레(蓼喰ふ蟲)』를 출간, 그다음 해인 1956년에 바로 가와바타 야스나리의 『설국』을 『Snow Country』로 간행, 그 이듬해인 1957년에는 또다시 다니자키의 작품 『세설(細雪)』을 번역한 『The Makioka Sisters』를 출판하였다. 이 시점에서 두 문학가에 대한 사이덴스티커의 말을 빌려 보자.

"다니자키 준이치로가 조금 더 오래 살았더라면, 일본

최초의 노벨 문학상은 가와바타 야스나리가 아니라 다니자키에게 돌아갔을 것이다."

그럼 우리의 시선을 다시 앞서 첫 번째 지점인 1966년, 일본의 하네다 공항으로 옮겨 보자.

일본 땅을 밟은 사르트르가 했던 말은 무엇이었을까?

"다니자키를 만나고 싶었다."

그가 경험했던 일본 그리고 문학은 바로 다니자키의 그것에 다름 아니었다.

우리는 여기에서 '노벨 문학상'이라는 무척 매혹적인 단어와 함께 두 서구인, 더구나 한 명은 20세기 최고의 지성인이며, 한 명은 일본 문학을 서구에 알린 개척자로서의 문학가, 이 두 입을 통해 서구 세계의 '다니자키 준이치로'라는 작가에 대한 인식과 관심을 확인할 수 있다.

'다니자키 준이치로.'

이제 비로소 그를 들여다보자. 서구 세계가 그토록 열망한 작가, 그만큼 일본적인 아름다움과 대중성을 절묘하게 조합시킨 그의 작품을 알아 가기 위해서는 다니자키라는 인물에 대해 이해해 볼 필요가 있다.

다니자키는 1886년 7월 24일, 도쿄의 부유한 미곡상 다니자키 구라고로와 모친 세키 사이에 태어난다. 그러나 조부의 사업을 이어 가며 승승장구하던 부친의 사업이 기울자 다니자키는 입주 가정 교사를 하며 최고의 성적으로 학업을 이어 나갔고, 주위에서는 수재라는 평판을 받았다. 1908년, 도쿄 대학교 국문과에 진학한 후 동인지 2차《신사조(新思潮)》를 창간하였고, 1910년 3호에 자신의 처녀작 「문신(刺青)」을 발표하였다.

「문신」은 작가 나가이 가후[32]에 의해 「다니자키 준이치로 씨의 작품」이라는 제목의 비평문으로 화려한 격찬을 받는다. 그에 따르면 다니자키는 "현대 문단에서 오늘날까지 어느 누구 하나 손대지 못한, 혹은 손대려고도 하지 않았던 예술 방면을 개척한 성공자"라는 것이다. 당시 문단의 주류를 이루었던 작품 경향은 이른바 '자연주의 문학'으로서, 특히 작가 스스로가 경험하거나 채취한 사실을 1인칭으로 서술, 묘사하는 음울한 '사소설(私小說)'이 유행하던 때였다. 바로 그 시점에 다니자키는 자신의 이야기가 아닌 아름다운 것을 탐닉하고 관능미를 추구하며 예술성을 고양시키는 '탐미주의'를 표방하고 나선 것이다. 그는 문단에 새로운 바람을 불러일으킬 총아로서 등장하였고 멋지게 성공을 거둔다. 이후 발표한 「소년(少年)」, 「악마(悪魔)」 등 신선한 소재를 다룬 뛰어난 작품을 연이어 발간하였고, 탐미주의적이고도 신선한 이야기를 중시한 그의 작품군은 극도의 반자연주의적인 성향을 보이며 신랄한 풍자와 세상에 대한 특별한 시선, 그 아름다운 문체로 아나톨 프랑스(Anatole France)에 비견되는 작가로 평가받기에 이른다. 그의 나이 서른이

32 나가이 가후(永井荷風, 1879~1959): 소설가로서 탐미파 문학의 중심적인 존재. 도쿄 태생으로 에밀 졸라의 영향을 받아 『지옥의 꽃(地獄の花)』을 발표하였다. 미국과 프랑스로 유학을 다녀온 후 『미국 이야기(あめりか物語)』, 『프랑스 이야기(ふらんす物語)』를 집필하였다. 대표작으로 『묵동기담(濹東綺譚)』, 『스미다 강(すみだ川)』 등이 있으며 문화 훈장을 수상하였다.

되지 않은 시점에서 거둔 성과였다.

1915년에는 이시가와 지요코(石川千代子)와 결혼하였으나 열다섯 살의 처제 세이코와 사랑에 빠지고 만다. 다니자키의 친구이자 작가인 사토 하루오(佐藤春夫)는 그의 부인을 연민하다 사랑하는 사이가 되었고, 다니자키는 부인 지요코를 친구 사토 하루오에게 양도한다는 선언문을 신문에 게재하는 등 사회적으로도 큰 파문을 일으켰다. 그사이에도 작품 활동은 꾸준하게 이어 갔으며 「신동(神童)」, 「이단자의 슬픔(異端者の悲しみ)」, 「작은 왕국(小さな王国)」 등 다양하고도 이채로운 소재의 작품을 발표한다.

1923년 관동 대지진 이후에 관서 지방으로 이주한 다니자키는 더욱 활발한 작품 활동을 보이기 시작한다. 관동 지방에서의 작품이 주로 중단편 중심의 이색적인 소재와 다양한 스토리 구축을 보여 주었다면, 관서 지방에 정착한 이후에는 장편 중심의 작품을 발표하였고 질적으로도 그 양상의 변화가 일어난다. 견고한 스토리 구성과 구축, 당시 세태에 밀착한 풍요로운 이야기의 전개는 대중의 시선을 크게 사로잡기에 이른다. 그의 작품 성향을 관서 지방 이전과 이후로 나누는 작품론도 다수 존재할 정도로 그는 더욱더 외연을 넓히며 크게 성장해 간다.

특히 자신의 처제 세이코를 모티프로 한 작품 『치인의 사랑(癡人の愛)』은 대중에게 크나큰 인기를 끌게 된다. 여주인공 나오미의 자유분방하고 악마적인 매력은 독자들을 매료시켰고, 종래의 순종적인 여성상에서 탈피하여 신여성의 자유분방한 연애를 동경하는 '나오미즘'이라는 용어가 사

회를 휩쓸었다. 그는 다이쇼(大正) 시대[33] 문화의 표상으로서 굳건히 자리 잡았다.

다니자키는 이어서 에로티시즘의 극한을 보여 준 걸작으로 명성이 높은 『만(卍)』, 『여뀌 먹는 벌레(蓼喰ふ虫)』, 『슌킨 이야기(春琴抄)』 등의 문제작을 잇달아 발표한다. 일련의 작품을 통해 남녀의 사랑과 애욕을 처절하도록 아름다운 문체로 그려 내며 일본의 전통적인 아름다움과 현대 문명, 사회가 공존하는 문학 공간을 펼쳐 보인 것이다. 그사이에 지요코와는 이혼하고 두 번째 결혼을 하지만 3년 만에 또 이혼하기에 이른다. 이 시기에는 소설만이 아니라 다양한 형식의 글을 대중에게 선보임으로써 자신의 집필 영역을 더욱 넓힌다. 저명한 수필집 『음예 예찬(陰翳禮讚)』을 통해 일본의 미의식을 재조명하였고, 『문장 독본(文章讀本)』을 출판, 일반 독자를 대상으로 글쓰기 방법, 글 읽기 방식을 자신의 견해로 풀어냄으로써 베스트셀러 반열에 올려놓기도 했다.

1935년에는 그동안 숨겨진 연인이었던 모리타 마쓰코(森田松子)와 세 번째 결혼을 하고, 그녀의 영향으로 일본 최고의 고전 작품 『겐지 이야기(源氏物語)』를 현대어로 번역하여 4년 만에 완역, 출간하기에 이른다. 1942년에는 마쓰코 부인과 그의 네 자매를 모티프로 한 문제작 『세설』을 집필하기 시작하였고, 이듬해에 잡지 《중앙공론(中央公論)》에 연재를 시작하지만 전쟁에 돌입한 일본 상황과 맞지 않는

33 다이쇼 시대는 메이지와 쇼와 사이의 연호로서 1912년에 시작되어 1926년까지 이어진다. 문화적으로는 근대 도시의 발달과 경제 확대에 따라 도시 문화, 대중문화가 꽃피운 시기다.

다는 이유로 첫 게재 후 군부에 의해 금지되고, 비밀스럽게 집필을 계속 이어 가며 1944년에는 사비를 들여 상권을 출판하기에 이른다. 3년 후에는 중권을 간행하였고 '마이니치 출판 문화상'을 받는다. 1948년에 드디어 『세설』이 완간되었고, 그다음 해에 '아사히 문화상', 문화 훈장을 받는다. 그의 문학적 입지는 더욱더 확고해졌고 문단에서는 그 누구도 범접할 수 없는 영역을 구축하게 된다. 전쟁 중의 혼란한 상황, 엄격한 제재와 금지 속에서도 한 치의 흔들림 없이 자신의 문학적 행보를 이어 온 그의 자세를 보고 '대(大)다니자키'라는 위대한 수식어가 형성된 것이다. 그는 대체 불가능한 문학가로서 자리를 잡았다.

전쟁이 끝나고 난 후에는 『시게모토 소장의 어머니(少将滋幹の母)』를 발표함으로써 평생 동안 그가 추구해 온 성스럽고 그리운 모성에 대한 구애와 근친상간의 욕구를 표현하였으며, 『열쇠(鍵)』를 통해서는 일기를 서로 훔쳐보는 노부부의 애욕을 중심에 두고 엿보기의 문화를 다룸으로써 또다시 화제의 중심에 선다. 당시 다니자키의 나이 72세. 그는 끊임없이 여체를 탐닉하고 인간의 애욕을 궁구하며 다양한 플롯과 유려한 문체로 문학의 진폭을 넓혀 왔던 것이다.

그의 왕성한 집필 의욕은 여기에서 끝나지 않는다. 1958년에 가벼운 발작으로 요양을 해야 하는 상황에 이르렀고, 이듬해에는 손에 마비가 일어나 구술 집필을 감행해야 하는 악조건 속에서도 『미친 노인의 일기(瘋癲老人日記)』(1961~1962)를 통해 죽음에 대한 공포와 피학적인 애욕에 사로잡힌 노인을 유쾌하고도 정돈된 달변의 문체로 풀어낸다. 1963년에 79세의 노인, 다니자키는 '마이니치 예술상'을 수상하기에 이른다.

1964년에는 전미예술원·미국문학예술아카데미의 명예 회원으로 선출되었는데, 이는 일본 문학가로서는 최초로 이루어진 일이었다. 1958년에 노벨 문학상 후보자로 거론된 이후 1964년까지 6회에 걸쳐 지명되었고, 앞서 언급한 것처럼 1964년에는 최종 경합에 오르게 된다. 그 사실만으로도 서구에서 그의 영향력을 가히 짐작할 만하다. 이와 같은 서구의 열광 속에서 1965년, 그는 심장 마비로 세상을 등지고 만다. '일본을 소비'하고자 하는 서구 세계가 그토록 원했던 작가, 일본의 아름다움과 대중성을 절묘하게 조합한 그의 작품에 대한 뜨거운 관심과 열망, "그가 만약 살았더라면"이라는 가정을 할 수밖에 없는 안타까운 상황이었다.

이제 우리의 책 이야기로 시선을 돌려 보자. 이 책에는 총 세 편의 작품이 담겨 있다. 바로 다니자키의 문단 데뷔작인 「문신」(1910), 초기 문제작으로 '어른 동화'라는 평가를 받는 「소년」(1911), 얼핏 이문열의 『우리들의 일그러진 영웅』을 떠오르게 하는 문제작 「작은 왕국」(1918)으로 초기 대표작을 엄선해 수록하였다. 각 작품을 개략적으로나마 살펴보기로 하자.

작품 「문신」의 도입부는 "때는 바야흐로 사람들이 여전히 '어리석음'이라는 고귀한 미덕을 갖춘 시기"라는 시대 배경에 대한 설정으로 서술된다. 이야기의 시점을 현재가 아닌 도쿄 이전의 에도 시대로 돌려놓음으로써 시공간을 탈

구축하는 장치로 삼은 것이다. "아름다운 이는 모두 강자였고 추한 이는 모두 약자"였던 그 시대에 탁월한 실력을 갖춘 뛰어난 문신사 세이키치의 오래된 숙원은 빛나는 피부를 지닌 아름다운 여인을 만나 그녀의 살갗에 자신의 혼을 실어 문신을 해 보는 것이다. 아름다운 살갗을 가진 미녀를 만나기 위해 그가 집중하는 신체 부위는 놀랍게도 '발'이었다. 그런 여인을 찾아다닌 지 4년째 되던 어느 여름날 저녁, 새하얗고 아름다운, 마치 "고귀한 살갗으로 이루어진 보석"처럼 보이는 발과 조우하고, 우연히 그 발의 소유자인 소녀가 주인공의 집을 방문하게 된다. 그는 소녀를 꾀어내어 그 새하얀 등 위에 혼신을 다해 거미 문신을 완성하는데, 마취에서 깨어난 소녀는 이전의 순진함을 떨쳐 내고 "칼날처럼 날카롭게 빛나는 눈동자를 지닌" 완전히 다른 여성이 된다.

발과 피부에 집착하는 도착적 성향, 아름다움에 도취되어 여성 앞에 엎드린 남성의 자세를 극명하게 묘사한 이 작품은 이후 다니자키 문학의 방향성을 결정해 버렸다는 점에서 그의 문학의 원점으로 평가된다. 평론가 노구치 다케히코(野口武彦)는 에로티시즘과 '악'의 형상화를 이룬 소설로 다니자키의 문학적 출발점이라고 평가한다. 선명한 신체 묘사, 그 신체를 텍스처로 문신을 하고 문신이 완성된 이후에는 전혀 다른 인물로 재탄생하는 충격적인 과정은 마치 작가 한강의 「몽고반점」을 읽었을 때 느꼈던 충격과 닮아 있다. 작품이 지닌 선정성과 신선한 소재의 매력, 파격적인 묘사는 백년이 지난 현시대에도 영상으로 재탄생하고 있으니, 그 시각성과 매혹적인 스토리텔링의 힘을 반증하기에 충분하다.

두 번째 수록작 「소년」은 속칭 '어른 동화'라 불리며, 소년과 소녀의 피학적이고 가학적인 놀이를 통해 드러나는 몽환적 에로티시즘을 그려 낸 작품이다. 작품은 "벌써 이십 년 전의 일이다. 내가 겨우 열 살이나 되었을까."라며 서른 살 즈음의 화자인 '나'의 이십 년 전 어느 날에 대한 회상으로 시작한다.

하기와라 에이는 "흐릿하게 안개 낀 하늘을 뚫고 나온 햇살이 상가의 푸르른 포렴을 따스하게 비추는 (……) 막연하고 꿈같은 동심에도 어쩐지 봄이 느껴지는" 어느 날, 같은 반 친구이자 "소문난 겁쟁이에다가 아이들에게는 소심쟁이에 울보라는 놀림을 받으며 함께 놀 친구 하나 없는 부잣집 도련님" 신이치의 웅장한 저택에 초대를 받는다. 마치 궁궐 같은 대저택에서 만난 신이치는 멋진 옷차림에 전혀 딴사람이 된 것처럼 활기차고 밝았다. 대저택의 안뜰 별채에서 신이치의 이복 누나 미쓰코, 하인의 아들 센키치와 친구가 되어 네 사람은 다채로운 역할 놀이에 빠져든다. 때로는 '도둑'과 '순경'이 되어 허리띠로 묶고 꼬집고 흔들고 침을 뱉으며 심문을 하거나 '늑대'가 되어 '나그네'를 물어뜯고 핥아 댄다. "촉촉한 입술과 날름대는 미끌미끌한 혀끝이 간지럽게 코를 핥아 내리는 그 기괴한 감각"에 사로잡혀 '쾌감'마저 느끼는 나는 "내 몸과 마음 모두가 신이치의 꼭두각시가 된" 것을 기뻐하게 된다.

그들의 역할 놀이는 시간이 흐르면서 더 강도 높은 가학성과 피학성을 요구하고, 소년과 소녀는 서로의 감정과 성향에 어렴풋하게 눈을 떠 간다. 역할 놀이를 할 이야깃거리가 떨어져 가자 그 대신 온갖 난폭한 놀이가 마련되었고 신이치는 진짜 칼로 상대를 시험 삼아 베어 보는 지경에까지 이른다. 그러던 어느 날, 항상 당하기만 하던 미쓰코의 복수로 세 명의 소년은 '순한 양'이 되어 그녀의 명령에 복종하며 노예처럼 행동하게 된다. 그녀는 "우리들 세계의 여왕으로 군림"하게 된 것이다.

이 작품 속에는 '대다니자키'에 대한 수식어로 항상 그를 따라다니는 주제 의식, '탐미주의', '에로티시즘', '사도-마조히즘', '악마적인 여성', '여성 숭배'의 싹이 오롯이 담겨 있다. 그는 영리하게도 '소년·소녀'를 주인공으로 내세움으로써 그들이 가진 선정성, 가학성, 피학성을 순화시키는 동시에 더욱 극대화시킨다. 더구나 소년·소녀의 놀이 공간을 세상과는 격리된 이채로운 공간, 대저택의 별채와 서양관으로 분리시킴으로써 이국적이고 몽환적인 색채로 재포장한다. 자극적인 주제와 어린아이들의 호기심과의 조우, 그 스토리텔링의 탁월한 솜씨와 환상 공간의 유려한 묘사를 통해 우리는 55년간의 집필 기간 동안 에로티시즘을 기치로 왕성한 필력을 자랑하며 끊임없이 작품 활동을 이어 온 '대다니자키'의 저력을 확인할 수 있다.

세 번째 수록작 「작은 왕국」은 작품 속에서 "사회적인 내용을 다루지 않는" 것으로 정평이 나 있는 다니자키의 문학 활동 중에서 가히 이색적이라 할 만큼 시대와 사회 풍조에 대한 풍자와 위트가 담겨 있다. 평론가 이토 세이(伊藤整)는 "다니자키의 모든 작품 가운데에서도 가장 특색이 있는, 현대 사회에 대한 비판"을 다룬 작품으로 평가한다.

작품의 도입부는 "가이지마 쇼키치가 G현 M시의 소학교로 전근"을 가면서 시작된다. 가이지마는 "대도시의 생활비 압박을 견디지 못해" 시골 마을을 골라 전근을 가는데, 그곳은 "하늘이 맑고 쾌청한 날에는 도시의 그 어느 곳에서나 줄줄이 늘어선 기와지붕 저 멀리 I온천으로 유명한 H산, 웅대하고 장엄한 모양새로 그 위용을 떨치는 A산이 우뚝 솟아 있는 광경이 눈에 들어오는" 풍광이 아름다운 전원 공간이었다. 알파벳을 사용한 공간 표현, 그러나 지리적으로 꽤나 상세하고 구체적인 공간 묘사를 통해 G현은 군마현, M시는 마에바시 시라는 점을 상기시킴으로써 작품에 리얼리티를 부여한다.

가이지마가 전근하고 2년째 되던 어느 봄날, 본격적인 이야기가 시작된다. "네모나게 각진 얼굴에 검은 피부색, 무서우리만치 커다랗게 부풀어 오른 머리통 여기저기에는 땜빵이 난" 누마쿠라 쇼키치라는 우울해 보이는 소년이 그의 학급으로 전학을 온 것이다. 소년이 전학 오고 나서 얼마 안 된 시점에서 가이지마는 운동장에서 뛰어노는 아이들의 모습을 보며 누마쿠라가 이미 아이들의 중심에 자리잡고 있음을 감지하고 그를 유심히 관찰하게 된다. 어느 도덕 시간에 잡담을 하는 누마쿠라를 발각, 그를 혼내려 하지만 학급 아이들 모두가 나서서 저지를 하는 사태가 일어난다. 당황한 가이지마는 일단은 물러서는데, "부모의 의견이나 교사의 명령 따위는 좀처럼 들으려 하지 않고 날뛰며 돌아다닐 나이"의 소년들이 "한결같이 누마쿠라를 떠받들며 (……) 그의 수족처럼 움직이는" 상황이었던 것이다.

노련한 교사였던 가이지마는 누마쿠라를 치켜세워 주며 "모든 학생들이 함께 훌륭한 사람이 될 수 있도록, 모두 예의 바른 사람이 되도록 이끌어 주기"를 부탁한다. 질서 반장으로 활약하는 누마쿠라 덕분에 "질서는 더욱 엄격히 지켜졌고" 아이들은 "그저 실수만 하지 않으려고 전전긍긍"하며 지내게 된다. 하지만 누마쿠라의 지배력은 도를 넘어서고 급기야 공화국을 설립, 스스로 대통령 자리에 오르며 장관을 비롯한 각종 직책을 임명, 누마쿠라의 직인이 들어간 화폐를 발행하는 상황에까지 이른다. 누마쿠라를 처벌할 궁리를 하던 가이지마는 곤궁한 살림에, 돌봐야 할 환자가 있는 데다가 생활비마저 떨어지자, "선생님은 오늘부터 여기 있는 누마쿠라의 신하가 될 거야."라며 그들의 왕국으로 편입을 자청한다.

사상가 요시노 사쿠조(吉野作造)는 이 '누마쿠라 공화국'을 '공산주의적'이라는 용어를 사용하여 소년들 사이에서 재산 분배를 촉발하는 경제적 기구로서 존립한다고 평가한다. 누마쿠라가 공포한 법령에 의해 "자연스럽게 집안이 부유한 아이들은 언제나 물건을 파는 쪽이 되었고" 결국 "누마쿠라 공화국 인민의 빈부 격차는 점차 줄어들어 가고 있었"다는 서술로도 그 점을 방증할 수 있다. 작품 속에는 여러 각도에서 작품을 바라볼 수 있는 수많은 장치가 숨어 있다. 가이지마 쇼키치와 누마쿠라 쇼키치, 두 사람이 '쇼키치'라는 이름을 동일하게 사용한 사실 역시 눈여겨볼 만하다. 문학 연구자 고바야시 사치오(小林幸夫)는 그 유사성과 차이점의 간극을 통해 승자와 패자, 부자와 빈자의 길이 나뉘진다고 평가한다.

소년들에 의해 설립된 공화국과 그곳에 편입된 선생님, 그 기발하고도 유쾌한 발상과 생생한 인물의 창조, 화려한 필치는 다시 한 번 독자로 하여금 '대다니자키'의 위력을 통감하게 한다. 다니자키는 아쿠타가와 류노스케의 "재미있는 스토리에 예술적 가치는 없다."라는 발언에 반박, "소설은 거짓말이 아니면 재미있지 않다."라는 평소의 지론을 펼치며 저 유명한 '소설의 줄거리 논쟁'을 벌인 바 있다. 「작은 왕국」은 가히 다니자키의 소설론을 뒷받침할 수 있을 만한 '재미있는 스토리'의 덕목을 지닌, "사물을 조립하는 방식, 구조의 재미, 건축적인 아름다움"을 가진 작품이라 할 것이다.

이로써 이번 작품집에 담긴 세 작품에 대한 소개를 마무리한다. 이 글을 쓰면서 다시 한 번 다니자키 준이치로라는 작가가 가진 '현대성'에 놀랐다. 과연 일본 문학계에 스토리의 다양성 면에서 다니자키만큼 크나큰 진폭을 지닌 작가가 존재했던가! 더구나 그 풍성한 스토리텔링을 자아내고 조립해 간 반세기 이상의 집필 과정 중에도 왕성하고도 끊임없이 문학적 탐구를 이어 갔으며, 화려한 문체를 유지하면서 생생하고도 이채롭기까지 한 캐릭터를 창출해 냈으니 말이다. 그의 문학은 가히 부단히 재해석되고 재창조될 수 있는 현대성을 지닌, 한없는 스토리텔링의 보물 창고라 할 수 있을 터다.

끝으로 이번 작품집은 고려사이버대학교 일본 문학 번역반과 함께 품과 시간을 들여 탄생시켰기에 의미도 깊고 감회 역시 남다르다. 고려사이버대학교에 재학 중이거나 졸업한 김명희, 박성솔, 박원희, 어경준, 윤희정, 조현정이 번역에 참여하였고, 단어 하나하나의 의미를 되새기며 한국어와의 조응을 고민하고 서로 문장을 되짚어 보며 함께 번역해 낸 결과물이다. 혹시라도 번역상의 오류가 있다면 그 책임은 오로지 대표 역자인 내게 있을 뿐이다. 끝까지 함께해 준 번역반에게는 "감사하다."라는 표현밖에 달리 대체할 수 있는 말이 없다. '대다니자키'의 풍성한 스토리텔링이 자아내는 문학적 울림이 독자 여러분에게도 잘 전달될 수 있기만을 바란다. 더구나 '민음사'라는 믿음직스러운 문학 공간을 통해 소개된다니 그 울림이 더 커지리라 기대해 본다. 더욱 감사할 일이다.

2018년 여름
대표 옮긴이 박연정

연보

1886년(1세) 도쿄 시에서 아버지 구라고로(倉吾郎), 어머니 세키(関)의 차남으로 출생한다.

1892년(7세) 사카모토 소학교(阪本小學校)에 입학하지만 학교에 가기를 싫어해서 2학기에 변칙 입학한다.

1897년(12세) 2월 사카모토 심상 고등소학교 심상과(尋常科) 4학년을 졸업하고, 4월 사카모토 소학교 고등과로 진급한다.

1901년(16세) 3월 사카모토 소학교를 졸업하고, 4월 부립 제일 중학교(府立第一中學校)에 입학(현재는 히비야 고등학교)한다.

1905년(20세) 3월 부립 제일 중학교를 졸업하고, 9월 제일 고등학교 영법과 문과(英法科文科)에 입학한다.

1908년(23세) 7월 제일 고등학교 졸업하고, 9월 도쿄 제국 대학 국문학과에 입학한다.

1910년(25세) 4월《미타 문학(三田文学)》을 창간하고, 반자연주의 문학의 기운이 고조되는 가운데 오사나이 가오루

(小山内薫) 등과 2차《신사조(新思潮)》를 창간한다. 대표작 「문신(刺青)」, 「기린(麒麟)」을 발표한다.

1911년(26세) 「소년(少年)」, 「호칸(幇間)」을 발표하지만《신사조》는 폐간되고 수업료 체납으로 퇴학당한다. 작품이 나가이 가후(永井荷風)에게 격찬받으며 문단에서 지위를 확립한다.

1915년(30세) 5월 이시카와 지요(石川千代)와 결혼하고, 「오쓰야 살해(お艶殺し)」, 희곡 「호조지 이야기(法成寺物語)」, 「오사이와 미노스케(お才と巳之介)」 등을 발표한다.

1916년(31세) 3월 장녀 아유코(鮎子) 출생, 「신동(神童)」을 발표한다.

1917년(32세) 5월 어머니가 병사하고, 아내와 딸을 본가에 맡긴다. 「인어의 탄식(人魚の嘆き)」, 「마술사(魔術師)」, 「기혼자와 이혼자(既婚者と離婚者)」, 「시인의 이별(詩人のわかれ)」, 「이단자의 슬픔(異端者の悲しみ)」 등을 발표한다.

1918년(33세) 조선, 만주, 중국을 여행하고 「작은 왕국(小さな王国)」을 발표한다.

1919년(34세) 2월 아버지 병사하고 오다와라(小田原)로 이사하여 「어머니를 그리는 글(母を戀ふる記)」, 「소주 기행(蘇州紀行)」, 「친화이의 밤(秦淮の夜)」을 발표한다.

1920년(35세) 다이쇼가쓰에이(大正活映) 주식회사 각본 고문부에 취임하여, 「길 위에서(途上)」를 《개조(改造)》에 발표하고, 「교인(鮫人)」을《중앙공론(中央公論)》에

격월로 연재하기 시작했다. 대화체 소설 「검열관(検閲官)」을 《다이쇼 일일 신문(大正日日新聞)》에 연재하였다.

1921년(36세) 3월 오다와라 사건(아내 지요를 사토 하루오에게 양보하겠다는 말을 바꾸어 사토와 절교한 사건)을 일으킨다. 「십오야 이야기(十五夜物語)」를 제국 극장, 유라쿠자(有楽座)에서 상연한다. 「불행한 어머니의 이야기(不幸な母の話)」, 「나(私)」, 「A와 B의 이야기(AとBの話)」, 「노산 일기(廬山日記)」, 「태어난 집(生れた家)」, 「어떤 조서의 일절(或る調書の一節)」 등을 발표한다.

1922년(37세) 희곡 「오쿠니와 고헤이(お國と五平)」를 《신소설(新小説)》에 발표, 다음 달 제국 극장에서 연출한다.

1923년(38세) 9월 간토 대지진(關東大震災)이 발발하여, 10월 가족 모두 교토로 이사하고, 12월 효고 현으로 이사한다. 희곡 「사랑 없는 사람들(愛なき人々)」를 《개조》에 발표한다. 「아베 마리아(アヹ・マリア)」, 「고깃덩어리(肉塊)」, 「항구의 사람들(港の人々)」을 발표한다.

1924년(39세) 카페 종업원 나오미를 자신의 아내로 삼고자 집착하다가 차츰 파멸해 가는 인물의 이야기를 그린 탐미주의의 대표작 『치인의 사랑(癡人の愛)』을 《오사카 아사히 신문(大阪朝日新聞)》, 《여성(女性)》에 발표한다.

1926년(41세) 1~2월 상하이를 여행하고, 「상하이 견문록(上海見

聞錄)」, 「상하이 교유기(上海交游記)」를 발표한다.

1927년(42세) 금융 공황. 수필 「요설록(饒舌録)」을 연재하여, 아쿠타가와 류노스케(芥川龍之介)와 '소설의 줄거리(小説の筋)' 논쟁을 일으킨 직후, 아쿠타가와 류노스케가 자살한다. 「일본의 클리픈 사건(日本におけるクリップン事件)」을 발표한다.

1928년(43세) 소노코에 의한 성명 미상 '선생'에 대한 고백록 형식의 『만(卍)』을 발표한다.

1929년(44세) 세계 대공황. 아내 지요를 작가 와다 로쿠로에게 양보한다는 이야기가 나돌고, 그 사건을 바탕으로 애정 식은 부부의 이야기를 다룬 『여뀌 먹는 벌레(蓼食ふ蟲)』를 연재하지만, 사토 하루오의 반대로 중단된다.

1930년(45세) 지요 부인과 이혼하고, 「난국 이야기(亂菊物語)」를 발표한다.

1931년(46세) 1월 요시가와 도미코(吉川丁未子)와 약혼하고, 3월 지요의 호적을 정리한다. 4월 도미코와 결혼하고 고야산에 들어가 「요시노 구즈(吉野葛)」, 「장님 이야기(盲目物語)」, 『무주공 비화(武州公秘話)』를 발표한다.

1932년(47세) 12월 도미코 부인과 별거하며, 「청춘 이야기(青春物語)」, 「갈대 베기(蘆刈)」를 발표한다.

1933년(48세) 장님 샤미센 연주자 슌킨을 하인 사스케가 헌신적으로 섬기는 이야기 속에 마조히즘을 초월한 본질적 탐미주의를 그린 『슌킨 이야기(春琴抄)』를 발표한다.

1934년(49세) 3월 네즈 마쓰코(根津松子)와 동거를 시작하고, 10월 도미코 부인과 정식으로 이혼한다. 「여름 국화(夏菊)」를 연재하지만, 모델이 된 네즈 가의 항의로 중단된다. 평론 『문장 독본(文章読本)』을 발표하여 베스트셀러가 된다.

1935년(50세) 1월 마쓰코 부인과 결혼하고, 『겐지 이야기(源氏物語)』 현대어 번역 작업에 착수한다.

1938년(53세) 한신 대수해(阪神大水害)가 발생한다. 이때의 모습이 훗날 『세설(細雪)』에 반영된다. 『겐지 이야기』를 탈고한다.

1939년(54세) 『준이치로가 옮긴 겐지 이야기』가 간행되지만, 황실 관련 부분은 삭제된다.

1941년(56세) 태평양 전쟁 발발.

1943년(58세) 부인 마쓰코와 그 네 자매의 생활을 그린 대작 『세설』을 《중앙공론》에 연재하기 시작하지만, 군부에 의해 연재 중지된다. 이후 숨어서 계속 집필한다.

1944년(59세) 『세설』 상권을 사가판(私家版)으로 발행하고, 가족 모두 아타미 별장으로 피란한다.

1945년(60세) 오카야마 현으로 피란.

1947년(62세) 『세설』 상권과 중권을 발표, 마이니치 출판 문화상(毎日出版文化賞)을 수상한다.

1948년(63세) 『세설』 하권 완성.

1949년(64세) 고령의 다이나곤(大納言) 후지와라노 구니쓰네가 아름다운 아내를 젊은 사다이진(左大臣) 후지와라

노 도키히라에게 빼앗기는 역사적 사실을 제재로 한 『시게모토 소장의 어머니(少將滋幹の母)』를 발표한다.

1955년(70세) 『유년 시절(幼少時代)』을 발표한다.

1956년(71세) 초로의 부부가 자신들의 성생활을 일기에 기록하며 심리전을 펼치는 『열쇠(鍵)』를 발표한다.

1959년(74세) 주인공 다다스가 어머니에 대한 근친상간적 소망을 다룬 『꿈의 부교(夢の浮橋)』를 발표한다.

1961년(76세) 77세의 노인이 며느리를 탐닉하는 이야기를 다룬 『미친 노인의 일기(瘋癲老人日記)』를 발표한다.

1962년(77세) 『부엌 태평기(台所太平記)』 발표.

1963년(78세) 「세쓰고안 야화(雪後庵夜話)」 발표.

1964년(79세) 「속 세쓰고안 야화」 발표.

1965년(80세) 교토에서 각종 수필을 발표. 7월 30일 신부전과 심부전이 동시에 발병하여 사망한다.

옮긴이 박연정

고려대학교 일어일문학과 졸업, 같은 대학원에서 한일 비교 문학 박사 학위를 받았다. 현재 고려사이버대학교 실용어학부 교수로 재직 중이다. 옮긴 책으로는 『슌킨 이야기』, 『청춘 표류』, 『지의 정원』, 『굿바이』, 『1Q84 어떻게 읽을 것인가』, 『러시아 통신』, 『쇼와 16년 여름의 패전』, 『구칸쇼』, 『선진국 한국의 우울』 등이 있다.

일본 문학 번역반

김명희(유니트란스 재직) | 박성솔(프리랜서) | 박원희(자영업)
어경준(자영업) | 윤희정(롬인터내셔널 재직)
조현정(한국임산탄화물협회 재직)

소년

1판 1쇄 펴냄 2018년 8월 3일
1판 3쇄 펴냄 2024년 1월 16일

지은이 다니자키 준이치로
옮긴이 박연정
발행인 박근섭, 박상준
펴낸곳 (주)민음사

출판등록 1966. 5. 19. 제16-490호
서울시 강남구 도산대로 1길 62(신사동)
강남출판문화센터 5층 06027
대표전화 02-515-2000 팩시밀리 02-515-2007
www.minumsa.com

ISBN 978 89 374 2935 4 04800
ISBN 978 89 374 2900 2 (세트)

쏜살

소년 다니자키 준이치로 | 박연정 외 옮김
금빛 죽음 다니자키 준이치로 | 양윤옥 옮김
치인의 사랑 다니자키 준이치로 | 김춘미 옮김
여뀌 먹는 벌레 다니자키 준이치로 | 임다함 옮김
요시노 구즈 다니자키 준이치로 | 엄인경 옮김
무주공 비화 다니자키 준이치로 | 류정훈 옮김
슌킨 이야기 다니자키 준이치로 | 박연정 외 옮김
열쇠 다니자키 준이치로 | 김효순 옮김
미친 노인의 일기 다니자키 준이치로 | 김효순 옮김
음예 예찬 다니자키 준이치로 | 김보경 옮김